「RAIL WARS! A 2」

美女と散弾銃

著者：豊田巧

目次

ＢＢ０１　國鉄大阪駅　出発進行……P００３
ＢＢ０２　どうして私が!?　場内進行……P０７７
ＢＢ０３　五能の改造手術　閉塞注意……P１１１
ＢＢ０４　決勝大会へ　定通……P１３９
ＢＢ０５　五能の特技　制限解除……P１９９
ＢＢ０６　姿の見えぬ犯人　制限解除……P２３７
ＢＢ０７　事件は解決し……　場内停車……P２９３

イラストレーター：ｄａｉｔｏ

ＢＢ０１　國鉄大阪駅　出発進行

ズドォォォォン‼　ズドォォォォォン‼　ズドォォォォォン……。

國鉄大阪鉄道管理局庁舎にある大阪リデベロップメント課の鹿児島課長に、國鉄本社より頼まれた荷物を届けた俺達が、四階のエレベーターホールで立っていると、爆発音が階下から響いて床がビリビリと振動した。

周囲は消防のサイレンに包まれ、回る赤色灯が周囲の壁をサーチライトのように照らした。

「まだ爆発が続いているみたいねぇ～」

飯田がガバメントに安全装置をかけつつ呟くと、五能は肩にライアットガンを担ぎ微笑む。

「歩きタバコは法律で禁止にしないとな」

「そうねぇ～。どこでガス漏れしているか分からないから～」

顔を見合わせて微笑み合っている部下を見ながら、俺は心の中で深いため息をついた。

國鉄大阪鉄道管理局庁舎前で待ち伏せされた俺達は、反社会組織の連中と乱闘になり、その中でガス爆発が起きて地下街が吹き飛んだのだ。

さすがに國鉄職員も集まりだし、大阪駅を管轄する鉄道公安隊大阪局も動いたらしく、鉄道公安隊員の制服を着た男らが忙しそうに階段を走り回っているのを俺は目で追う。

　現場は大変なことになっているが、原因も被害者も反社会的勢力の連中だけだし、東京中央公安室・第七遊撃班長の俺としては、面倒なことに巻き込まれる前に「任務が完了した以上、迅速に現場を離脱しよう」と考える。

　そこで、一階から別の通路で大阪駅へ戻るべく、下へ向かうボタンを押す。

「きっと、まだ爆発の原因は、分かってないんだろうな」

「そりゃそうよ～。普通、地下街で爆発事故なんてないもの～」

　飯田が「自分達のせいじゃないわよ」と言った横で、五能が静かに呟く。

「あんなところで銃なんて使うからだ」

　その瞬間だった。後ろから怒りに満ちた声が響く。

「きっ、貴様らかっ！　この朝からやっとるアホな騒ぎの原因は!?」

　三人で振り向くと、怒りで両肩を震わす体重百キロオーバーの烏山（からすやま）室長が立っていた。

　まぁ、いくら鉄道公安隊員だとしても、早朝からライアットガンを担いでいたり、硝煙臭い体で歩いていたら、すぐにバレるよな……。

　反射的に三人で素早く敬礼をするが、烏山室長は答礼もしない。

「いえ、原因は我々ではなく……その……反社会組織の連中であって――」

　俺が始めた言い訳を烏山室長は大声で遮った。

「ウソつけ――‼」

そして、飯田と五能を右の人差し指で、ビシッビシッと指差して続ける。

「グランドスラムのお前らが、なにかスカタンこきやがったのは分かっとんじゃ――‼」

怒りに震える烏山室長は、もう我々の話に耳を貸さなそうな勢いだった。

目を横に動かして合わせた飯田と五能は、聞こえないような小声で「……自分達で名乗ったんじゃないのに」と呟いた。

ズドォォォォォォォォォォォォォォン‼

その時、ひと際大きな爆発音が地下から響き、ビルは震度4程度の揺れを感じた。

「……おのれグランドスラム～～第七遊撃班めぇ～～～」

肩を震わせながら呟く烏山室長の額に、ピキピキと数本の怒りの筋が走る。

「おい！　誰かおらんかっ⁉」

すぐに制服姿の鉄道公安隊員が数名やってきて、俺達三人は身柄を拘束された。

◇

國鉄大阪鉄道管理局庁舎前で起きた一件は、

『大阪駅地下街ガス爆発事故』

ということで処理された。

それまでの経緯はどうであれ、最終的には大阪で反社会組織「阪和組」の若頭をやっていた「和田岬吾郎」の不用意な発砲によって、周囲の店舗から漏れだしていたプロパンガスに引火して爆発したのだから「事故」というのは、完全に間違いではない。

消防は「火元の特定と爆発の原因」さえ分かってしまえば引き上げてしまうし、幸い大阪駅構内の管轄が鉄道公安隊大阪局だったので、うまく事故として処理することが出来たのだ。

何を隠そう國鉄は「日本最大の隠ぺい体質組織」である。

関西のテレビ、新聞などの大手広告主の上、バックには鉄道族の国会議員がなん人もついているのだから、この程度の情報操作など、正に朝飯前だ。

俺達は國鉄本社・リデベロップメント部の山手部長より受けた荷物を、無事に送り届けたので東京へすぐに戻る予定だったが、それは許可されなかった。

三人共鉄道公安隊大阪局に、懲罰の一環での軟禁……いや、事故についての情報提供を行うために、ここ一週間ほど毎日出勤してきていた。

上官である大湊室長に連絡すると、

「まぁ、ゆっくりしてこいやぁ～」

と、まるで刑務所に送られるチンピラみたいに言われた。

よそ者の俺達に、鉄道公安隊大阪局の仕事はさせてもらえない。

俺達に命じられるのは「蛍光灯を替えておいてくれ」「コピー用紙がなくなった」「原稿をワープロ打ちしてくれ」といった本当に雑務だけだった。

その一環で……今日の俺は五能と一緒に大阪駅構内を、段ボールを抱えながら歩いていた。

段ボールの中身は古い取り調べ書類だそうで、これを大阪駅の一角にある「重要書類廃棄場」へ持っていくところだった。

そこには一台の二軸の國鉄ワム80000形有蓋(ゆうがい)車が停めてあり、その中へ積み込むと國鉄の専用焼却施設へと週二回の割合で運んでくれるのだ。

國鉄大阪鉄道管理局庁舎を出て、まだ焦げ臭い廃墟と化した地下通路を通り抜けて、大阪駅のコンコースへと出る。

そろそろ昼前だったこともあり、コンコースには多くのお客様が行き交っていた。

『うわぁ～～～!?　ご飯やさんがなくなってるわ～」

コンコースから通路をのぞきこんだ二人組のＯＬが残念そうな声をあげた。

二人共黒くて長い髪を真ん中から分けるワンレングスという髪型で、ボディラインがバッチリでるような丈の短いタイトワンピースを着て、上には丸みを帯びたラインでデザインされた短い丈のジャケットを着ている。

一人のコーデは全身が真っ赤で一人は黒と、最近よく見かけるＯＬファッションだ。

「そう言えば～『ガス爆発事故があった～』って、誰か言うてなかった？」

「ここやったんやぁ。おいしいランチが食べられるええ店やったのに～」

その原因は俺達です。大変申し訳ございません。

本当は謝っておきたいが、突然制服を着た鉄道公安隊員に頭を下げられても、お客様も困ってしまうだろう。

仕方なく俺は振り返ることなく、そのまま改札口を目指して五能と並んで歩く。

「まぁ～あそこまでやったら、やっぱり懲罰ってことか～？」

歩きながらそうボヤいたが、五能からは反応がない。

同じ部下でも人懐っこい飯田とは話しやすいのだが、どうも無骨というか、無口というか、男前と言っていいのか？

まるで、女性だけの歌劇団の男役のような五能とは、どう話していいか分からない。

任務を成功させた日に「第七遊撃班創設記念」と称して飲んだ時も、俺はベロベロに酔っぱらってしまったが、五能はしっかりしていて崩れることもなかった……と思う。

まぁ、俺の飲み会後半の記憶は、ポツリポツリとしかないのだが……。

その時、段ボールを両腕で抱えている五能が、前を見たままボソリと呟く。

「別にそういう意味合いではないだろう。境、考えすぎじゃないのか？」

うん？ もしかして、さっきの俺のボヤキに対する返答が、今戻ってきたのか？

なにかこうタイミングがズレているというか、冗談が通じないという感じだった。

「そっ、そうだな」

そういうこともあって、五能と二人の時は会話があまり続かない。

顔を横へ向けて見ると、美人と言っていい横顔がショートカットに包まれていた。

五能はモデルとしても通用しそうなくらいの高身長で「食い物の違いか⁉」と、戦後世代のオヤジどもが突っこむような、スラリとしたキレイなプロポーションの持ち主。

腰の位置も高く、足は細く長く足首はキュと締まっていて、後ろ姿は崖を登るカモシカを見ているかのように美しかった。

きっと、さっきのOLみたいに髪をワンレングスにして、真っ赤なボディコンシャスのスーツを着て心斎橋のディスコへ行けば、ナンパ男子が殺到してくるだろうに……。

ただ、少しでもつき合ったらバレてしまうだろう。五能は飯田と共に國鉄内で「グランドスラム」と呼ばれる凄腕女子ということが……。

俺達はズラリと並ぶ自動券売機の前を通って、銀のラッチが二十数個並び、その中で駅員が立ったまま壮絶な勢いで改札業務を行っている改札口へ向かう。

自動券売機近くにはバケツやモップを積んだ清掃業者のカートが置いてあって、青いオーバーオールを着た清掃員が、スクレーパーでフロアの汚れをガリガリと剥がしていた。

その時、五能が俺の段ボールの上に、自分の段ボールをドスンと載せる。

「すまん、境。これを頼む」

もちろん、紙でいっぱいの段ボールは凄い重量で、とてもじゃないが一人では持てない。

そんなことが出来るくらいなら一人で運んでいる。

「おっ、おい！　五能」

俺はヨロめきながら徐々に両腕を下げて、フロアにドスンと二段重ねになった段ボールを置いて、その後ろで尻もちをついてしまう。

五能は俺に振り向くこともなくスタスタと早足で、茶革のハンチング帽子を被り、両手を紺の作業ズボンに突っ込んで歩く、黒いジャンパー姿の若い男を追っていく。

そして、改札口へ入ろうとした瞬間に、男の背中から低く強い声で話しかけた。

「貴様、入場券を一人で三枚も買って、どうするつもりだ？」

入場券を三枚？ もしかしてキセル犯か。

キセルはよくある鉄道犯罪で、入場券を買って駅構内に入り、新幹線などでは食堂車やトイレの中で車内検札をやり過ごして、下車する駅で迎えの者に多めの入場券を購入させて、それを受け取って改札口をすり抜けるのだ。

改札口では駅員が毎日変更している改札鋏が入っているかチェックしているのだが、一枚だけ改札を受けて、それと同じ形にハサミなどで他の切符を加工する奴もいる。

五能は歩きながら自動券売機で切符を購入していた男の動きを見ていて、そのことに気がついたようだった。

さすが……というか、他の管轄内においても真面目な奴だなぁ〜。

その「弩」がつきそうな真面目さに感心しつつも呆れた。

突然、鉄道公安隊員にバンくらったら、オタついたり変な言い訳でも始めるだろうな。

一応、犯行未遂状態だから、ある程度弁解も出来るだろうから、そういう展開になると俺は思ってフッと微笑んで見つめていたが、男は意外な反応を見せた。

右手をジャンパーの内ポケットに差し入れたかと思ったら、

「うぁぁぁぁぁぁぁぁぁぁ!!」

と、振り向きざまに刃渡り二十センチくらいの包丁のようなものを振り回したのだ。

「危ないっ！　五能」

そう声をあげたが、五能はそうした展開を読んでいたかのように、男を見つめたままスルスルと後ろへ下がりながら包丁の先を余裕で避けて見せた。

そのまま軽い足取りでバックし、コンコースの壁を背にして立ち止まる。

改札口付近のお客様達は、まだなにが起きているのかが分からず「なに？」といった雰囲気で、見つめるだけで誰も逃げ出そうとしなかった。

五能はすっと足を前後に動かして構え、冷ややかな表情で男を見据える。

「銃砲刀剣類所持等取締法違反の疑いで、現行犯逮捕する」

「こっ、こんなところで捕まってたまるかぁ！」

完全に冷静さを失ってしまった男は、五能の言うことも聞かずに目を見開いたまま突進してくる。

俺は五能を守ろうと思って腰に急いで右手を伸ばしたが、そこには伸縮式警棒のホルスターはなかった。

「しまった！　装備は取り上げられていたんだった」

あんな事故を起こしてしまったこともあり、鉄道公安隊大阪局から「こちらの管内にいる間は武器を所持しないように」と言われて、全て提出していたのだ。

もちろん、五能も腰のベルトには、銃器どころかホルスターも吊っていない。

迫ってくる男を焦ることなく見つめていた五能は、右手でお腹のバックルを握ったかと思ったらパチンとロックを外してシュルっと一瞬でベルトを引き抜いた。

男は五能へ向かって、絶叫しながら突っ込んでいく！

「**ああぁぁぁぁぁぁぁぁぁぁ‼**」

次の瞬間、五能は右腕を振りかぶり、勢いよく振り抜いた！

ピシュル！

空気を切り裂く音が改札前に響く。

目にも閉まらぬ速さで伸びた黒くて太い鉄道公安隊専用の革ベルトは、包丁を持っていた男の右腕に向かって伸びた。

ベルトが上腕と二の腕にヘビのように絡みつく。

パシン！

鋭く巻きついた瞬間に、ベルトの先端が男の肌を鋭く叩く音が響いた。

その五能の放った痛烈な一撃は、男の時の流れだけを止めたかのようだった。

あまりの激痛に歩けなくなり、ベルトを受けたその場に右手を出したまま止まった。

口をアウアウと動かした男は、声にならない絶叫を発したかのように見える。

パッと開かれた右手から包丁が落ち、フロアでカランという金属音が鳴った。

右腕をピュンと素早く引いた五能が手元にベルトを引き戻し、ポケットから出した黒いハンカチで男の腕に触れた部分をスッと拭き取る。

その瞬間、男の時間は五能によって許されたように再び流れ出した。

「**痛ってぇぇぇぇぇぇぇぇぇぇぇぇぇぇぇぇぇぇ!!**」

男は右腕を左手でおさえながら叫びだす。

だが、すぐに叫ぶだけでは耐えられなくなり、五能の前に許しを請うかのように跪き、額をフロアにつけて四つん這いになる。

「イタタタ……イタタタ……痛ってぇ〜よぉ……あぁ〜おぉ〜うぅ〜」

ついには右に左にゴロゴロと転がりながら悶絶し始めた。

みるみるうちに男の右腕には真っ赤な激太のミミズ腫れが現れ、見ているだけでも「あれは痛そう」という状態になった。

五能の鋭い動きは、改札口付近にいたお客様にはまったく見えなかった。

あまりの鮮やかさに、なにが起こったのかが分からなかったようで、誰もが大きな音がした方に振り返ったが、

「コケたおじさんが、膝が痛くて転がり回っているだけ?」

と、思って誰も足を止めることはなかった。

俺も一瞬で起こってしまったことに、五能を止めることも守ることも出来なかった。

何事もなかったかのようにスタスタと男へ向かって歩いた五能は、ベルトを腰のベルトループに通し、淡々と戻しながらフロアにすっとしゃがみ込む。

そして、黒いハンカチで落ちていた包丁を包むようにして持ち上げた。

未だに「痛ぇよぉ～」とうずくまっている男を、まるで汚いものでも見つめるかのような冷徹な目で見下げてから、五能は俺に向かってゆっくり振り返る。

「境、こいつどうする?」

俺には両手のひらを上へ向けて、左右に開くしか出来なかった。

「俺達は手錠も持っていないことだし。逮捕は大阪局の皆さんにお任せした方がいいんじゃないか?」

「そうだな」

五能はツカツカと改札口へ歩くと、駅員室に首を突っ込む。

「すまんが改札口に、鉄道公安隊員を呼んでくれ」

「分かりました」

中にいた駅員が、すぐに近くの電話をとって手配を始める。

そんな五能を見ながら俺は思う。

こういうところなんだよなぁ。

ちゃんとすればモデルでも女優でも十分通用するようなスタイルとルックスを持っていると思われる五能なのだが、その態度というかスタイルが男前過ぎるのだ。

たまたま非番の五能と出会ってデートのような時間を過ごせても、きっと、犯罪者の一人や二人を捕まえるような事態になって、相手がすぐにドン引きするに違いない。

自分では理解しているんだろうか？

男を立たせ手を後ろにして拘束する五能を見ながら、俺はフッと笑った。

しばらくすると、鉄道公安隊大阪局の隊員がやってきて、

「面倒増やさないでくださいよ」

と、ブツブツ言いながら、真っ赤に腫れた右手を抱きかかえる男を連れていった。

とりあえず取り調べの前に、医務室に寄ってからだろうな。

元々の用事だった段ボールを國鉄ワム８００００形有蓋貨車に積み込んできた俺と五能が、鉄道公安隊大阪局の一角に作られた待機場所に戻ったら、飯田がサンドイッチを口にくわえながらニコリと笑う。

「遅かったねぇ～二人共。そんなに遠いの？　重要書類廃棄場って」

額に右手をあてて遠くを見るフリをした飯田は、俺達の後ろを見るような仕草をする。

「ちょっとあってな」

壁に立て掛けてあったパイプ椅子を、俺はガシャと開いて座る。

俺達の周囲には積み重ねた段ボールやらキャンペーン品の廃品が積み上げられていて、そんな倉庫のような場所に、一辺が五十センチくらいの正方形のテーブルが一つだけ、申し訳程度にポツンと置かれている。

「まるで雑居房みたいねぇ」

と言った飯田の感想は正しい。

ここが大阪局において、我々第七遊撃班に「そこにいろ」と命令された待機場所だ。

三人でたった一つの狭いテーブルにも関わらず、その真ん中にはグレーで短縮ボタンがズラリと四段も表面に並んでいる、大きなプッシュボタン式の卓上オフィス電話が、一台だけデンと置かれていた。

俺の後ろを通った五能も、パイプ椅子を足で開いてドカッと座った。

「銃砲刀剣類所持等取締法違反疑いの男を一人確保しただけだ」

小さなテーブルを三人で囲むように座る。

俺と五能のテーブルの上には、まだ國鉄大阪鉄道管理局庁舎に出前をしてくれる健気な食堂に昼前に注文しておいた、丼が一つずつ置いてあった。

「へぇ～そんな人がウロウロしているなんて、大阪駅も治安が悪いのねぇ」

「いや、切符を三枚ほど買う男がいたのでバンをかけたら、刃物が出た」

五能は握った右手を飯田に突き出すようにして見せた。

そんな話を聞いた飯田の目が、なぜかキラキラと輝いたような気がする。

「じゃあ～キセルのお迎えだったのかなぁ？」

「たぶん、そうだろうな」

「じゃあ～捕まるわけにはいかないよねぇ～」

「反社会的勢力の使い走りだったのかもな」

天井を見上げつつ「ふ～ん」と呟いた飯田はニカッと笑う。

「もしかして～最近目立ってきている～あの『ＲＪ』のメンバーだったとか？」

「ＲＪ？」

そのことについて詳しくなさそうな五能は、怪訝そうな顔で聞き返す。

そこで、俺が説明してやることにした。

「最近、駅や国会前に集まっては『國鉄は分割民営化しろ！』とか叫ぶデモをやっている反國鉄団体さ」

　それを聞いて五能は「あぁ～」と納得する。

「私が前を通った時は『この税金泥棒――!!』とか『ローカル線の新規建設を止めろ――!!』とかシュプレヒコールを叫んでいたな。だが、ルールを守って抗議をする行儀のよい団体って雰囲気だったし、大声で喚いているだけで危険には感じなかったがな」

　飯田は首を右に少しだけ傾ける。

「危険な感じはしなくてもねぇ～。マスコミが面白がってデモを撮ってニュースで流しちゃうから、面倒な相手になりつつあるのよねぇ～」

「だからと言って、デモしているだけで制圧も出来んだろう」

「RJだって、いつまでもデモだけとは限らないわよ～」

　その瞬間、五能の瞳の奥に鋭い光を感じた。

「そうなったら……殲滅（せんめつ）するまでだ」

　右手を伸ばした五能がテーブルに置かれていた丼のプラスチックの黒いフタをパカッととると、中から半熟卵に包まれたぶ厚いトンカツの載ったカツ丼が現れる。

「二人が遅くなったから冷めちゃったよ、きっと～」

　サンドイッチの端を口へ入れながら、飯田が丼を覗き込むようにする。

だが、飯田の心配なぞ、五能はまったく気にしない。

横にした割り箸を歯で噛んだ五能は、半分を引っ張ってパチンと外して二本にする。

「丼が温かろうが、冷たかろうが腹に入れれば、なんでも同じだ」

どんだけ男前なんだっ！

両手で割り箸を一本ずつ持ったら、ゴシゴシと擦るようにして削げを落とした。

右手に揃えて持った割り箸をガッと真っ直ぐに丼に突き刺し、とても女子が食べるとは思えないほどの量をすくって一気に口へ放り込む。

あまりの豪快さに胸がすく思いだが、デートなら幻滅だな。

うん？　これは俺が上司であって、男と見られていないだけだからか？　まぁいいか。

俺も自分の前に置かれていた丼に被せてあった水滴だらけのラップをとったら、関西名物の出汁の香るキツネうどんが現れた。

大阪のうどんは東京と違って、とても出汁が美味くて最近昼飯でよく食べているのだ。

「う～ん。うどんは関西の方が美味いな」

両手を合わせて「いただきます」と頭を下げた俺は、両手で割った箸で白いうどんを何本か摘まんでレンゲに載せ、少しずつ食べ始める。

俺が感じたことを察したのか、サンドイッチを少しずつ食べながら飯田が呟く。

「五能さん、もう少しお行儀よくしないと〜」

だが、丼を左手に持ちながらガツガツとカツ丼をかきこんでいる五能は、それをテーブルに置くこともなく食べながら冷静に言い返す。

「なにが……ハグハグ……問題だ？」

「その〜女子が大盛りのカツ丼を頼むところとか、それをガツガツ食べる仕草とかよ」

勢いよく食べる五能からは、箸が丼を叩く度にカランカランという音が響く。

「それは誰に……ハグハグ……迷惑がかかるのか？」

「そんなことはないけど〜」

「では、食事の仕方が……ハグハグ……職務に影響するのか？」

「そういうことも、ないと思うけど〜」

「それでは、なにかの法律に……ハグハグ……抵触するか？」

紙パックのコーヒー牛乳に刺さったストローをくわえながら、飯田は首を左右に振る。

「それは絶対にないけどねぇ〜〜〜」

その時カランカランと鳴り続けていた音がピタリと止まって、五能は食べ終わった丼をテーブルにドンと勢いよく置く。

丼の中には米粒一つ残っていない、見事な食べっぷりだった。

ニコリと微笑んだ飯田は「……55秒03」と呟く。

「では、お行儀をよくするとやらに対する意義が見出せん」

「そっか～意義がいるのねぇ～五能さんは」

「当たり前だろう、飯田さん。意義のない努力では、人の向上は望めんからな」

「そうかもねぇ～」

飯田がアハハとあいそ笑いをしたら、五能はフッと口角を上げる。

「そうだなっ。少しくらいなら改善してやってもいいぞ」

「本当に？」

五能はフムと頷く。

「國鉄総裁の命令とあらばなっ。それならば意義もあるというものだ」

「そういうことは、ないよねぇ～きっと」

胸を張る五能を見ながら、飯田は肩を上下させた。

そんな会話を横で聞いていた俺としては、それ以上五能に言うことはなかった。

まぁ、鉄道公安隊員としてはまったく問題がないのだから、ムリにそういった部分を求める必要はないのだろうけどな。

その時、三人の真ん中に置いてあるプッシュフォン電話が鳴りだす。

ファララララ♪　ファララララララ♪　ファララララ♪

この電話は鉄道公安隊大阪局の代表番号と連動しており、大阪局へ電話が掛かってきた時には、事務所の数台の電話と共に鳴っていた。

鉄道公安隊大阪局において第七遊撃班に連絡が入ることはないので、俺達が電話をとることは基本的にしなかった。

いつもなら事務員か若手隊員がとるのだが、今日は鳴り続けていた。

ファララララ♪　ファララララララ♪　ファララララ♪

飯田が上半身を前に倒して電話に顔を近づけてフムッと睨む。

「きっと昼休みだからよ～」

そこは国営企業の國鉄である。

多くの者が一斉に12時ピッタリになったら昼休みに突入してしまい、13時になるギリギリまで事務所に戻って来ないことが多いのだ。

一応、昼休みの電話番担当がいるはずなのだが、もしかしたら他の電話対応をしているかもしれない。

「仕方ない」

俺はビジネスフォンの盤面にあった「スピーカー」ボタンをポチッと押す。

「鉄道公安隊大阪局」

なんの挨拶もなく、無骨に部署名だけ言って出るのが鉄道公安隊伝統のルール。

ガチャリという音に続いて、なんだか変な声が聞こえてくる。

《テツドウコウアンタイ　ダナ》

まるで、ヘリウムガスを吸った奴から出てくるような声で、なんの抑揚もなくお笑い芸人がモノマネでやる「ワレワレは宇宙人」的なしゃべり方だった。

声質を変えていて、しゃべり方も変なので男か女かも判別がつかない。

三人で顔を見合わせてから、俺が話に応える。

「用はなんですか？」

電話の相手はフフフッと不気味に笑ってからボソリと呟く。

《オレタチハ　ＲＪダ》

それには三人で驚く。

『**ＲＪ――!?**』

さっき話していた反國鉄集団からの電話だった。

《ソコデ　イチバン　エライヤツヲ　ダセ》

「えっ、偉い人を？」

《ソウダ》

「ちょっと待ってくれ」

俺は「保留」ボタンをグッと押す。

すぐに電話からは寝台列車のチャイムなどで使用されている「ハイケンスのセレナーデ」の保留音オルゴールが鳴り出す。

突然のことに、俺は焦って二人に聞く。

「どっ、どうするよ⁉」

飯田は段ボールの壁の向こうにある事務所の方をクイクイと指差す。

「一応、ここで一番偉いのは、烏山室長だと思いますけど〜」

「そっ、そうだよなっ」

バンと立ち上がった俺は待機場から飛び出して、ズラリとグレーの事務机の並んでいる鉄道公安隊大阪局の事務室を見たが、予想通り室長も含めて昼休みで誰もいない。

一人だけ電話当番をしている隊員がいるが、誰と話しているのかニヤニヤと笑いながら、

「いや、今度ちゃんと穴埋めするって。本当、本当」

とか言いながら、背もたれにベタリと背中をあてながら話していた。

困った俺は少し離れた場所にいた、その人に向かって叫ぶ。

「すみませ――――ん‼　2番に『RJ』から電話です‼」

迷惑そうにギロリと俺を睨んだ隊員は、受話器に左手でフタをしてから言い返す。

「あぁん？　誰からや？」

「RJですよ！　RJ。ほら『國鉄は民営化しろ～』とかデモとかしている反國鉄団体の！　なんか『ここで一番偉い人をだせっ』とか言ってますけど」

俺は両手を思いきり使って身振り手振りで説明したが、嫌そうな顔をするだけだった。

隊員は右手を使ってプラプラとやる気なく前後に振る。

「お前らで対応しとけってぇ」

「えっ⁉　いいんですか？」

「國鉄に文句言って来る連中なんて、なんぼでもおるねんから。そんなもん、いちいち真に受けて室長に対応してもらうわけにいかんやろ」

「そっ、そうかも……しれませんが～」

俺はすごく大変なことだと思ったが、大阪局ではこうしたことが日常茶飯事なのか、あまり焦ることもなく「適当に要件聞いとけ」という指示を受けた。

それで隊員は受話器から手を離して向こうを向き、

「ゴメンなぁ～邪魔が入ってもうてぇ。いやいや、大丈夫。もう大丈夫やから電話続けられるって～」

と、さっきと同じ態度で話を始めてしまった。

「……仕方ないな」

こっちへ来る時とはまったく違うテンションで、飯田と五能のいる待機場へすごすご戻る。

「あれ？　烏山室長は」

飯田が俺の後ろを見る。

「國鉄に文句言ってくる奴なんていくらでもいるから『お前らで対応しとけ』ってさ」

「それでいいのか？」

腕を組んだまま五能が見上げる。

「そういう命令だからな」

再び電話前に座った俺はボタンを押して「ハイケンスのセレナーデ」の保留音を止める。

《**いつまで待たせる気よ――――!!**》

ＲＪは保留している間に怒ってしまい、完全に宇宙人キャラを忘れて叫んだ。

うん？　しかも今の声はあまり変化していなかったような……。

ハッキリとは分からなかったが、その叫び声は女っぽい気がした。

「只今、昼休みで責任者は席を外しているんだ」

スゥゥゥとガスが出るような音に続いて、RJがしゃべりだす。

《コンナニ　マタセテ　セキニンシャガ　イナイダト》

RJは再び元のトーンと声質に戻って言った。

「我々の方で用件を伺うことになりました。それで、どういったご用件です？」

電話の向こうからは《ムウッ》と力を入れて唸るような声が聞こえてきた。

きっと、待たされた上に俺みたいな下っ端が対応することになって、怒り心頭といったような状態なんだろうな。

クレーマーと呼ばれる苦情者に対して、最も悪い対応をしたような気がする。

再び落ち着きを取り戻したRJは、よく聞くシュプレヒコールを呟いた。

《マズハ　コクテツヲ　ブンカツシ　ミンエイカ　シロ》

「そういうことを鉄道公安隊に言われましてもね。政治家の方に言ってもらえます？　国会で『國鉄は分割民営化します』って決定したら、問答無用でそうなりますから」

少し間を開けてからRJが言う。

《コノ　ゼイキン　ドロボウ　メ》

「そんなことはないから。俺達は國鉄の安全を守るために、日夜薄給で長時間労働しているんだ。今はバブル時代なんだから、きっと、あんたの方が高給取りなんじゃないか？　國鉄は民間より全然多くはもらっていないぞ」

RJが唸って黙りこくる時間が、次第に長くなっていく。

《ムダナ　ケイヒヲ　ツカイヤガッテ》

「それもちゃんと調べれば分かることだから。毎年発刊している『國鉄白書』をしっかり読んでくれ。國鉄のどこの部署で贅沢をしているっていうんだ？　具体的に指摘してくれ」

どうもRJは箇条書きの文章を上から読んでいっているみたいで、こちらの話に対してなにか新たに建設的な意見を言うことはなかった。

なんだかイタズラ電話を相手にしているようで、俺達もやる気がなくなってくる。

こういうことだから大阪局の人が「お前らで対応しとけ」と言ったのか……。

なんとなく理由が分かってきた。

それからも俺はRJの話を聞きながら、それなりの返事を返していたが、飯田と五能は早々に呆れてしまって、食べ終わった丼やゴミを片付けながら片手間に聞いていた。

真剣に相手をしているのは電話の前にいた俺だけ。

その時、13時を知らせるチャイムが鳴り、ドヤドヤと隊員らが戻って来る足音が段ボールの壁の向こうから聞こえてきた。

もう昼からの仕事が始まるのに、こんな奴を相手にしている暇はない。

「あの〜そろそろいいか？　こちらも業務があるからな」

その瞬間、ＲＪはフッと笑う。

《イイノカ？　ソンナコトヲ　イッテ》

「なにが言いたいんだ？　言いたいことがあるなら早く言ってくれないか？」

俺はため息混じりに呟いた。

《ツマリ　ワレワレノ　ヨウキュウヲ　ウケイレナイ　ト　イウコトダナ》

確かに今まで要求っぽいものを言っていたような気がしたが、とても本気とは思えないし、そんな大それたことを鉄道公安隊大阪局だけで判断して応じるはずもない。

「いや……その〜だからだなぁ――」

俺の言葉を遮るようにＲＪは言い放つ。

《ヤハリ　ハナシアイ　デハ　ナク　ブリョクニ　ウッタエル　シカ　ナイヨウダ》

おいおいおい！　いきなりなにを言いだしてんだ？

そのセリフには飯田と五能も反応して、片付けを終えて電話前に集まってきた。

「おい！　武力ってなんだ？　なにを言っている!?」

俺は強い口調で問いかけたが、ＲＪは答えることなく用意された文章を読むように、なんの感情も込めずにコンピューターのようにしゃべりだす。

《イイカ？　イチドシカ　イワナイカラ　よく聞け》
また声が戻りそうになって、再びすぅと息を大きく吸い込むような音がする。
《ワレワレガ　ホンキダト　ワカラセルタメニ　13ジ15フン　オオサカハツ　マツカゼ3ゴウ　ノ　グリーンシャ　ニ　バクダンヲ　シカケタ》
胸をグッと摑まれたような衝撃を受けた俺は、立ち上がって電話の両側に手をバンとつく。
「れっ、列車に爆弾だと⁉」
《ソウダ　オマエラガ　ヨウキュウヲ　ノマナカッタ　カラダ》
そこで一拍置いたＲＪは改めて言い放つ。
《ワレワレ　RJ　ハ　コクテツヲ　タタキツブス！》
そこで電話はブツリと切られた。
「おい！　こらっＲＪ！」
俺は受話器を取り上げてフックをガチャガチャ押すが、もう繋がることはなかった。
ガチャンと受話器を叩きつけた俺は二人を見る。
「五能、飯田！」

「これはＲＪからの爆破予告ということだな」

既に立ち上がっていた五能は、なぜか嬉しそうにニヤリと微笑んでいる。

「ＲＪってデモするだけの平和的な団体じゃなかったっけぇ～?」

飯田は立ち上がってパンパンとスカートを整える。

「デモしたところで何も変わらないから、武力抗争路線に『切り替えた』ってことだろう」

「そうなんだぁ～?」

俺はそんな会話を止めるように二人に言う。

「そんなことは、今はどうでもいい！ 爆破を阻止しないとっ」

「だったらまずは報告じゃない？ 烏山室長に……」

飯田はクイクイと事務所の方を指差す。

「そっ、そうだなっ」

俺は待機場から飛び出して、事務室の一番奥の窓を背にして置かれている一番大きな机に座っていた烏山室長へ向かって早足で歩いた。

烏山室長は両側に肘置きのついた革製の大きなイスの背もたれに背中を預け、ふんぞり返るように座っている。

見るからに國鉄の「ザ・管理職」といった雰囲気の烏山室長の髪は、見事に真ん中からハゲあがり髪は耳の近くにしか残っておらず、顔は油でテカテカ光っていた。

でっぷりと太って、毎年の健康診断で必ず医者から厳重注意を受ける完全なメタボ体型になっても、その体に合わせたオーダーメイドの制服を作っているところが、さすが税金ジャブジャブの國鉄。

まだ春で室内では女性事務員が寒そうにカーディガンを羽織るほどに、エアコンがガンガンにかかっているのにも関わらず、烏山室長は額に汗を浮かべてフーフー言っていた。

昼休み明けで他の隊員らが座っている事務机の間の通路を、飯田と五能を従えながらドスドスと迫っていくと、あからさまに烏山室長の機嫌が悪くなっていくのが分かる。

今まで近くのかわいい女性事務員と今食べてきたランチについて、にこやかに話していたのに椅子をグルリと回し横向けにして、俺とは目を合わそうとしないのだから。

机を挟んで前に立つと、烏山室長は体を横へ向けたまま面倒くさそうに呟く。

「管轄外の者が、なんの用だ?」

背面の壁に貼られた額縁に収められている「団結」と書かれた達筆の墨字を見上げながら、俺はさっきの件について報告する。

「烏山室長、緊急の件があり報告に参りました!」

横を向いたままニヤリと、いやらしい笑みを浮かべる。

「緊急の報告～？　辞表でも出す気になったか？」

あの日以来、烏山室長にはこういう皮肉を言われ続けているので、今更動じない。

なにやらアメリカでは「パワーハラスメント」などというものが流行っていて、上司からの圧力は排除されることになりつつあるらしいが、今の日本の企業にそんなものを重視するなんて雰囲気は微塵もない。

俺はすっと息を吸い込んでから大きな声で言う。

「いえ、そうではありません。先ほど電話を受けたのですが、それは『RJと名乗る者からの爆破予告』でありました！」

きっと、烏山室長は「**なに!?**」と驚くかと思ったが、椅子がこっちへ回ることもなかった。

懐から白檀の扇子を取り出すと、バンッと開いてパタパタと自分に向かって扇ぎだす。

うん？　聞こえなかったのか。

周囲の隊員らは「爆破予告」という言葉に反応してこちらを向いたが、すぐにニヤッと笑って、それぞれの業務を続けだす。

「あの～爆破予告がですね――」

ギッと椅子を鳴らして烏山室長がこちらへ体を向け、睨むように見上げて言葉を遮る。

「それがなんやっちゅうねん？」

予想外の反応に、俺は「うん？」と首を傾げた。

説明の仕方が悪かったと思い、俺はもう一度ちゃんと報告を行う。

「いや、先ほども言いましたように、ＲＪからの爆破予告を受けたのですが？」

「ほいで？」

なぜか疑問に疑問形で返される。

俺は13時5分を回りつつあった壁の時計をチラリと見る。

「13時15分大阪発の『まつかぜ3号』に爆弾を仕掛けたそうです。早くしないと列車が発車してしまいますので、大阪局の隊員を派遣しないといけないと思いますが？」

だが、烏山室長は焦ることなく、迷惑そうなため息を「はぁ」とつく。

「その脅迫電話をかけてきた奴の電話番号を聞いたんか？」

「いえ、そんなことはしていません。普通、脅迫してくる犯人は、自分の電話番号を捜査機関になんて教えませんよね？」

なにかボケにボケを重ねるような会話が続く。

「ほなら、せめて名前と生年月日聞いて本人確認したんか？『ＲＪのダレダレさんでっか？』って」

こんな状況にも関わらず、いつまでも理不尽なことを烏山室長は言い続けた。

「そんなことも出来ませんよね？」

俺がそう不満気に言い返したら、烏山室長はチッと舌打ちをする。

「あのなぁ、境。ここは人があり余っとる首都圏の贅沢鉄道公安隊ちゃうんやぞ。そんなイタズラ電話一つに、いちいち振り回されていられるかい！」

上半身を起こしてズイと迫ってきた烏山室長に気圧されて、俺は少し後ろへ体を引く。

すると、すぐ後ろに立っていた飯田が、応援するように背中に手をあてながら押し戻しつつ、俺にだけ聞こえるような小さな声で囁く。

「……イタズラじゃないと思うよ～境君。あの電話は～」

首を回して振り返ったら、飯田はニコニコ微笑んでいた。

そっ、そうだよな。いや、イタズラだとしても何もしないのはマズいだろう。

俺はそう思ったが、國鉄内で発生する広域の犯罪を扱っている鉄道公安隊は、どこも人手不足でこうした対応には消極的なことが多いのは知っていた。

特に大阪局の烏山室長は「絶対的な事なかれ主義者」のため、こうした事態に対して臨機応変に対応することはなさそうだった。

飯田に押し戻された俺は、烏山室長に向かって上半身を伸ばす。

不機嫌なことが分かっていた俺は、これ以上烏山室長を怒らせて大阪での幽閉期間が長引かないように穏便な言葉を選びつつ、あいそ笑いを浮かべる。

「あの～爆破予告があったんですから、捜索くらいはすべきだと思いますが……」

だが、そんな言葉でさえ逆鱗に触れたらしい。

ギリッと眉間にシワを寄せた烏山室長は、バンと机を叩いて一気に立ち上がる。

「そんな人の余裕なんてあるか！　ちゅうとるやろがっ！」

背の低い烏山室長が立ち上がっても、ハゲた頭は俺の顎の辺りにあった。

こうなると、議論はレールのように平行線を辿るのだが、俺は諦めずに話を続ける。

「確かに大阪局には『人の余裕がない』というのは分かるのですが～、一応～お客様に万が一にも危害が及ぶかもしれないのですし～」

「イタズラ電話くらいで、列車が爆破されてたまるけぇ！」

もう信じているものが違うような気がしてくる。

「でも～本当に爆破されたら、ちょっとマズくないですか～？」

「お前はアホか⁉　そんなことは今までなかった！　ちゅうねん！」

そこで後ろから五能が、よく通る低い声でボソリと呟く。

「犯罪ほどクリエイティブなものはない」

その迫力に気圧されたのか、単に立っているのが辛かったのか烏山室長がガチャンと椅子に座る。

「クッ、クリエイティブ？」

前に一歩出た五能は、俺と並ぶようにして立つ。

「犯罪は常に新しい前例のないタイプが生み出される。我々は初めての犯罪に対応していかなくてはならないはずだ。今まで発生しなかったからといって、これからもそうした犯罪が起こらないと、誰が言えるのだろうか？」

面白くなそうな顔をした烏山室長は、吐き捨てるように呟く。

「ったく……せやからグランドスラムは――」

その言葉を聞き捨てるわけにいかなかった俺は、烏山室長の言葉を遮った。

「グランドスラムじゃありません。第七遊撃班です！」

そこで、飯田も一歩前に出て俺達と並び、ニコニコと笑いかける。

「あのぉ～大阪局の方にご迷惑が、かからなければいいんですよねぇ～？　烏山室長」

俺に対しては常に不機嫌な烏山室長だが、飯田のような可愛い女子に言われると、あまり邪険にしない。

飯田は右の人差し指を伸ばしてクイクイと自分達を指差す。

「皆様お忙しいようですから～。私達が『特急 まつかぜ3号に爆弾はありませんでした』ってことを確認してきますけどぉ～～～」

烏山室長はグッと下から見上げたと同時に、俺は横を向いて飯田に聞き返す。

「お前らが～？」

「えっ⁉ 俺達が？」

俺は脅迫事件に対応すべきだとは思ったが、自分達でやろうとは思っていなかったのだ。

電話をとって報告しただけなのに、変なことになってきたな……。

たぶん……飯田の提案に従えば大阪局の人間を動かさないので業務に支障は出ないが、自分達の管轄内で首都圏鉄道公安隊の連中にウロチョロされるのが嫌なのだろう。

腕を組んだ烏山室長は、少しだけ考えるような素振りをする。

なぜか同じ鉄道公安隊にありながら、管轄エリアを跨ぐと別の国のようにお互いをライバル視していて、情報共有も協力もしない状態にあるのだ。

「それなら構わへんけどなぁ」

フンッと鼻から息を抜いた烏山室長は、吊り下げるようにやる気なく右手を伸ばして、横を見ながら前後に適当に揺らす。

「分かった、分かった。ほな、お前らでなんもない特急でも見てこい」

こうなったら、もうやるしかない。

「ありがとうございま～す、烏山室長」

ニコリと笑った飯田が、俺と五能を見たのが合図となる。

俺達はピタリとタイミングを合わせて、ガシッと足を鳴らして敬礼した。

『第七遊撃班、爆破予告のあった『まつかぜ3号』の警乗に出動します！』

「あぁ～あぁ、さっさと去ぃね」

俺達を見ることなく、手をもっと早く動かした。

その場で回れ右を同時に決めた俺達は、事務室の出口へ向かって足を早める。

「境、武器を返してもらわないと」

五能が歩きながら呟く。

「いや、そんな時間はない」

「列車内で撃ち合いになったらどうする？」

「どこの爆破犯が、自分で爆弾を仕掛けた列車に乗るんだよ？」

五能からはチッと舌打ちのようなものが聞こえてきたような気がした。

そのまま事務所を出た瞬間、俺達は大阪駅の改札口へ向かってダッシュする。

「もうギリギリだなっ」

「境君が烏山室長と押し問答なんてしているからでしょ～？」

飯田にそう言われた俺は、少し顔を赤くする。

「まさか大阪局の管轄内で、自分達が動くなんて考えなかったからな」

飯田はニヒッと微笑む。

「境君って割合ちゃんとしているよね」

「べっ、別に悪いことじゃないだろう。鉄道公安隊員なんだから……」

「それはいいんだけどぉ～。鉄道公安隊だって人が集まっている単なる組織なんだから、うまくやったら～？」

「うまくやる？」

聞き返す俺に、飯田はフムと頷く。

「そうっ『要領よく』って感じ？」

きっと、飯田は俺よりも組織での生き方を心得ているような気がする。

そこで、改札口に辿り着いたので、全員、鉄道公安隊手帳を開いて通り抜ける。

「捜査で警乗します！」

「お疲れ様です」

駅員は笑顔で軽い敬礼をしてくれた。

蛍光灯によって照らされた薄暗い階段と通路を駆け抜けて、1、2番線の並ぶホームに続く階段を全速力であがる。

女性隊員と聞くと体力面での不安があるが、こうした時に飯田も五能も遅れをとるようなことはなかった。

階段を駆け上がってホームに飛びだすと、向かって右側の2番線にはクリームと赤のツートンカラーで國鉄特急カラーに塗装された國鉄181系気動車が停車していた。

特急まつかぜは國鉄181系による七両編成。

気動車である國鉄181系の車体からは、ガラガラという大きなディーゼルエンジンのアイドリング音が響き、屋根のところどころに突き出ている銀のマフラーからは、真っ黒い排気煙が上がっていて、付近の車体上部は黒ずんでいる。

向かいの1番線からは上半分をオレンジ、下半分を濃い緑で塗られた湘南色の國鉄115系電車で編成された宝塚行普通列車が発車していく。

波型のスレート屋根から吊られた、通称「パタパタ式」と呼ばれる反転フラップ式列車案内板には「特急　まつかぜ3号　13時15分　米子」と表示されていた。

ちなみに終点の米子に到着するのは、5時間半後の18時45分。

すぐに発車ベルが、けたたましく鳴りだす。

ジリリリリリリリリリリリリリリリリ♪

同時に駅員の発車案内がホームに響き出す。

《2番線の『まつかぜ3号』米子行が発車いたします。お乗りの方はお急ぎください。ベルが鳴り終わりますとドアが閉まります。ご注意ください》

突然ホームに現れた制服姿の鉄道公安隊員三名を、車掌も目で追いかけている。

確かな証拠もなく列車を止めることは出来ない。

「とりあえず乗り込むぞ」

俺達は階段近くにあった3号車のデッキから車内へ飛び込んだ。

それを確認してから駅員がアナウンスする。

《『まつかぜ3号』ドアが閉まります。中央～東～オーライ》

それを合図に風呂場にあるような真ん中から縦に折れるドアが、ガシャンと音をたてながら伸びて閉まり、米子方向の先頭車からは少し電車っぽい気笛が響く。

ファァァァァァァァァァァァン♪

すぐに床下からブオオオンという大きなエンジン音が響くが、その割にはスピードが上がらずスタートはノロノロどん亀状態。

まつかぜ
MATSUKAZE
キハ 181

國鉄181系は特急形気動車國鉄キハ80系のコンセプトを生かしつつ、大出力の五百馬力DML30HSCエンジンを搭載した車両で、おかげで今まで投入が躊躇されていた急勾配区間が続く山岳線へも投入が可能となり、こうした大阪から米子までの昼間特急などが実現出来たのだ。

爆音をあげながらホームを半分くらいまで進むと、クラッチがガコンと切り替わってドンという大きな振動を境にして、國鉄181系は一気に加速していく。

國鉄の気動車は自動クラッチの切り替えがいつも滑らかではない。

足をふらつかせた俺達三人は、デッキの壁に手をあてながらなんとか耐える。

更にクラッチが一つ上がると、そこからはエンジン音がゴォォォと変化して高くなっていく。

ドアの窓の外には、次第に早く流れていく大阪駅のホームが見えていた。

「確か〜爆弾は『グリーン車に仕掛けた』って言っていたな」

「親切な爆弾犯よねぇ」

そう呟く飯田を五能が見る。

「解体されない自信があるんだろう」

デッキの壁に貼ってあった編成表で確認すると、1号車から3号車までは指定席、グリーン車は4号車、5号車から7号車までは自由席だった。

そして、1号車と7号車にだけ、禁煙車のマークが描かれていた。

「グリーン車は4号車だけだ」

顔を見合わせて頷き合った俺達は、デッキから通路を歩いて4号車へ向かう。

俺としては爆弾の有無については半信半疑だ。

東京中央鉄道公安室にいた時もイタズラ電話はあったが、実際に爆弾を取り扱った事件は一件もなかったからだ。

まぁ、部外者の俺達としては、4号車内を隅々まで捜索して「イタズラでした」と分かるだけでいい。

3号車内は白いヘッドカバーのついた青いモケットに包まれた二列シートが、通路を挟んで左右にあり、車両基地から出てきたばかりなのでグレーの床はピカピカに光っていた。

喫煙自由席車である3号車には、十名くらいのお客さんがポツポツと窓際に座っており、車内の壁はヤニで薄く黄ばんでいてタバコの煙で薄っすらと空気が曇っていた。

俺達は急いで3号車からデッキを越えて、唯一のグリーン車である4号車へ向かう。

4号車客室のドアは中が見えないような磨りガラスで、真ん中にはクローバーをイメージした、黄緑色のグリーン車のマークが描かれていた。

前に立った瞬間、センサーが反応してドアが横にすっと開く。

通路に縦縞の入ったエンジの絨毯が敷かれたグリーン車は、やはり普通車と比べれば落ち着いた雰囲気が漂う。

もちろん防音も効いており、エンジン音は他の車両に比べて、格段に小さく聞こえる。

座席は鮮やかなオレンジの縦ストライプが入ったモケットを使用しているR28シートで、シートピッチも普通車に比べてかなり広く、背もたれはベッドのように倒せて足を置くフットレストも装備されていた。

先頭側から入ったので、利用しているお客様はすぐに確認出来た。

グリーン車に乗っていたのは全部で四名。

手前にスーツ姿の中年サラリーマン、真ん中に十歳くらいの子供を連れた母親の親子連れ、一番奥の窓際には白いベレー帽を被った女の人がいた。

「よしっ、車内の捜索だ。あまり小さなものではないと思う。五能は右のシート、飯田は左のシートを調べてくれ。俺はお客様に声をかけていく」

飯田は俺を見上げて頷く。

「この車内をしっかり調べて『爆弾がない』って分かればいいだけだもんねぇ～」

「そういうことだ」

二人は『了解』と返事して、座っている人のいないシートに入り込んではシート下、背もたれ、座面、テーブル、暖房機器、灰皿などを細かく捜索していく。

俺は鉄道公安隊手帳を見せながら、手前に座っていた中年サラリーマンに声をかける。

「失礼します。鉄道公安隊です。その足元のブリーフケースは、お客様のものですか？」

俺は立てて置いてあった黒いポリカーボネート製のブリーフケースを指差す。

「あぁ、そうだ。これは私のものだが」

仕立ての良いスーツを着込む中年サラリーマンは、紳士的な対応をしてくれる。

「すみませんが中を見せてもらっていいですか？」

「あぁ、構わんとも」

左右のロックをパチンパチンと外して、ブリーフケースを開けて見せてくれたが、中には書類や筆記用具が入っていただけで爆発物に関係しそうなものは何も入っていなかった。

俺は軽く頭を下げて微笑む。

「ご協力ありがとうございました」

「なっ、なにかあったんですか？」

中年サラリーマンは少し怯えた目で聞き返す。

「いえ、大したことではありません。ごゆっくりとお過ごしください」

足を早めて歩いた俺は、続いて車両の中間辺りにいた親子連れの母親の方に鉄道公安隊手帳を見せる。

網棚には大きなキャリーケースが置かれていた。

「すみません。こちらのお荷物はお客様のですか？」

「えぇ……そうですけど。なにか問題どすか？」

京都弁を話す母親は不安そうな顔をしたが、横にいた女の子は元気よく聞く。

「おにいは、誰～？」

つぶらな瞳でショートカットが似合う女の子に、俺はニコリと笑いかける。

「鉄道公安隊員だよ。國鉄を守る警察官って感じかな」

「へぇ～ほな國鉄の正義の味方なんやな！」

「アハハ……そうかもしれないね」

俺があいそ笑いをしていたら、母親が手を持って後ろへ引く。

「美遥（みはる）、変なこと言うて、おにいの邪魔したらあかん」

口を尖らせた美遥ちゃんは「えぇ～」と不満そうに言った。

自爆テロではない限り、自分で爆弾入りのキャリーバッグを持ち歩くこともないだろう。

ましてや親子で自爆テロを仕掛ける者などいないはずだ。

親子に不審なところはなく、他に荷物は持っていなかったので軽く会釈する。

「ご協力ありがとうございました。お気をつけて……」

「おにい、バイバイ〜〜‼」

美遥ちゃんが手を振って見送ってくれたので、俺は軽く振り返す。

列車内には電気配線や機器が入っているようなスペースもあるが、そんなところに爆弾を仕掛けられるのは車両基地で列車メンテナンスに関わっている者だけだ。

もちろん、國鉄内部にＲＪのメンバーが入り込んでいることも考えられたが、その確率はかなり低いものと思われた。

爆弾を仕掛けるなら客室しかないはずだが……。

後ろを振り返ってみたら、二人は十列目くらいまで捜索を終えつつあったが、爆弾を見つけたような反応はなかった。

俺は中央の通路を歩きながら、車両の一番奥に座る女の人へ向かって歩く。

やはり烏山室長の言う通り、単なるイタズラだったってことか。

少し安心した俺は「ふぅ」と息を抜いた。

そこで女の人を見つめたら、なぜかピタリと目が合った。

客室内では制服姿の鉄道公安隊員がゴソゴソと捜索しているのに、なぜか女の人はウキウキしたような楽しそうな顔をしていた。

俺は鉄道公安隊手帳を開いて見せる。

「すみません」

「鉄道公安隊様ですね」

まるで来るのを知っていたかのような態度に少し戸惑う。

「そっ……そうですが」

優しく微笑みかけてくれている女の人は、たぶん俺達と同じ歳くらいで、一目見た瞬間から「美人ですね」と言われそうなくらいに目鼻立ちが整った人だった。

かわいいとか、雰囲気がいいとか、性格がとかではなく、ハッキリと分かる美しい人。

顔は小さくて瞳は大きく、顔の真ん中を通る鼻筋は高くてシュッとしていて、白いベレー帽がのったストレート髪は、窓からの陽の光を浴びてキラキラと輝く。

飯田ほどグラマラスでもないが、適度な運動で鍛えられていると思われるボディには余計な贅肉はなく、膝の上に重ねて置かれている両手の指は白く細く長い。

大きな丸い金ボタンが中央に並ぶ、赤く太い縁取りのされたブラウン系の上着に、縁取りと同じ色の膝上スカートを穿き、足には真っ白な足の甲が露出するハイヒールを履いていた。

この人を「キレイ」と思ってしまったのは、そんなファッションや容姿もあるが、体全体から醸し出す雰囲気もあったと思う。

俺をさり気なく斜め右下から見上げる首の動きや、体を動かす時の手や足の動きが、とても優雅で大袈裟なことを言えばバレエや歌劇で見るようだったからだ。

そこで女の人が笑みを浮かべながらスッと立ち上がる。

元々身長が高い上にハイヒールを履いていたこともあって、女の人は網棚で頭を打たないように腰を曲げながら少し前へ出てきた。

俺よりも目線が高い位置にあるから、きっと身長は百七十センチ以上あるのだろう。

女の人は突然手のひらを見せるように、スッと右腕を捻りながら伸ばしてきた。

突然のことに俺は戸惑う。

「えっ⁉　あっ、あのっ」

「わたくし赤穂明日香（あこうあすか）と申します」

こんな美人に手荷物検査をお願いしただけで、自己紹介をされた上に握手まで求められるとは思ってもみなかった。

もちろん、俺の鉄道公安隊人生史上初めてのことだ。

「よろしくお願いいたします」

「はい、こちらこそ……。短いお時間ですが……」

突然のことに緊張した俺は頬を赤くしつつ、白い右手を握って挨拶する。

その手は俺とは違って、本当に力を入れたら折れそうなくらいに細かった。

「とっ、東京中央鉄道公安室・第七遊撃班の境大輔（だいすけ）と申します」

そんなことは普段絶対にしないが、思わず自己紹介してしまう。

「ありがとうございます」

グッと顔を近づけてはにかむように赤穂さんは微笑む。

「ありがとうございます？」

手荷物検査では聞いたことのない感謝の言葉に、俺の脳裏に「？」が浮かぶ。

「ふつつか者ですが、十日間よろしくお願いいたします」

赤穂さんは右手を握ったまま、しっかりと頭を下げた。

だが、単に手荷物検査に来ただけの俺には訳が分からない。

一瞬「なにを勘違いしているんだ⁉」と自分を見るが、俺は鉄道公安隊の制服を着ているし、赤穂さんも隊員と分かっているのだ。

赤穂さんは昔の友達にでも出会ったかのように気さくに話をしているが、俺は絶対に初対面でこんな美人と「今日から十日間一緒に暮らしましょうね」なんてウキウキするような約束は過去にしていない。

いや！　していたら忘れるわけがない。

「とっ、十日間一緒にって？」

突然の劇的な展開に思わず動揺してしまう。

赤穂さんは気にすることもなく、屈託のない笑顔で笑いかけてくれる。

「良かったです。境さんのような若い人で……。気難しい人だったらどうしようかと……」

ということは俺じゃない可能性もあった……ということ？

いったいなにをどうすれば、こんな展開になるんだ？

「やっぱりすごいですね。西日本代表にもなると」

「西日本代表？」

俺が聞き返すと、赤穂さんは頬を赤らめて照れた。

「ええ、わたくし『ミス恋山形』として、昨日大阪國鉄会館で行われました『ミスホーム関西地方大会』に出場させて頂き、僭越ながら西日本代表となりましたので……」

「赤穂さんはミスホームの西日本代表ですか」

顔を更に赤くして赤穂さんは照れた。

「私なんかでいいのでしょうか……と思ってしまうのですが……」

國鉄では話題性や旅行感喚起のために、全国で色々なコンテストを行っている。

各部署で連携することなく動きまくったことで、今では國鉄本社でも主催、協賛に國鉄が入っているコンテストを全て把握している者はいないと言われている。

それでも毎年春にグランプリが決定される「ミスホーム」は、俺でも知っていた。

テーマは「駅が似合う女性」ということで、グランプリになると一年間國鉄の広報活動に協力して、ポスターや時刻表、國鉄提供の旅行番組などに起用されることになっていた。

赤穂さんから放たれる美人のオーラの理由が分かった。

國鉄が協賛に入っている大型ミスコンで、西日本代表になるような人なのだから。

「あぁ～だからか～」

「そういうことなんです。やっと分かって頂けましたか？」

赤穂さんは嬉しそうに微笑んでいるが、こうして気さくに話しかけられていることも、今日から十日間一緒に行動する理由もサッパリ分からない。

その時、赤穂さんが意外なことを言い出す。

「西日本代表になったら、鉄道公安隊様のボディガードをつけてくださるなんて」

「ボディガード？」

美人に間近で言われていることもあって、俺は赤穂さんが何を言っているのかよく分からなくて、ボンヤリと「はぁ～」と返事した。

「ええ、境さんはわたくしのボディガードに来てくださったのですよね？」

「いや～そういうわけじゃ～」

ミスホームを鉄道公安隊員が護衛する任務なんて聞いたこともない。

「えっ？　違うのですか？」

「ええ、たぶん違うと思います」

俺と赤穂さんが、まるで時が止まったかのように、じっと見つめ合った時だった。

後ろからヌッと五能が顔を出す。

「境、お客様のボディチェックでもする気なのか？」

その言葉で我に返り、仕掛けられた爆弾を探していることを思い出す。

「おっ、そうだった」

俺はゆっくりと手を離して赤穂さんを見つめる。

「いえ、俺達は赤穂さんのボディガードに来たのではなく、この列車内の捜索に来ただけなんです」

「列車内の捜索……ですか？」

今度は赤穂さんの頭に「？」が浮かび首を傾げた。

「ええ、捜査の一環でして……」

そこで赤穂さんのシートを見たが、小さなショルダーバッグが置いてあるだけだった。

「赤穂さんのお荷物はそれだけですか?」

「ええそうです。ミスホームで使った衣装なんかは、キャリーケースにまとめて、宅配便で家の方へ送ってしまいましたので」

「そうですか。捜査へのご協力ありがとうございました」

微笑んだ俺が振り返ろうとした時、赤穂さんの頭の後ろにチラリと何かが見えた。

うん、なんだ?

少し体をズラして一歩前に出て赤穂さんの頭の横から覗くと、網棚にA4サイズくらいで高さが十センチくらいの、白いプラスチックボックスが置かれていた。

俺が顔を近くから見つめてしまうような格好になり、赤穂さんが再び頬を赤くする。

「どっ、どうかされましたか? 私の顔になにか……?」

「あの、そのプラスチックボックスは赤穂さんのものですか?」

「えっ……プラスチックボックス……ですか?」

首を傾げながら、赤穂さんは窓に向かって振り返って網棚を一緒に見つめる。

「いえ、これはわたくしのではありません」

その瞬間、ドクンと心臓が高鳴る。

さっきの五能の言い方ではないが、爆破する列車に乗り込む爆破犯はいない。

爆破犯は発車前の列車に乗り込んで、どこかに爆弾を仕掛けて自分は下車するだろう。

そう考えれば……持ち主不明の荷物が一番危ないということだ。

あの電話をしてきたＲＪの奴は、本当に列車に爆弾を仕掛けていやがったんだ！

「ここに座った時には、このボックスは網棚に置いてありました」

赤穂さんはプラスチックボックスに向かって不用意に両手を伸ばしていく。

俺は反射的に叫んだ！

「触らないでっ！」

驚いた赤穂さんが体をビクッとさせ「えっ」と小さな声をあげた。

俺の大声に反応してシートの捜索をやっていた飯田も勢いよく駆け寄ってくる。

「あったの⁉　境君」

「たぶんなっ」

まだ何もしていないうちから、額に汗が浮かび白手袋をした両手がジワリと湿る。

俺は赤穂さんの両肩を持って、ゆっくりと通路へ引いていく。

「危険が伴いますので、３号車へ移動してもらえますか？」

「危ない？　これは爆発物なのですか⁉」

赤穂さんの顔が一瞬で引きつるのが分かる。

「これは捜査に関わることですので詳しくお話しすることは出来ません。ですが、危険ですのですぐに他のお客様と御一緒に避難を」

俺は目線を送って「飯田頼む」と引き継ぐ。

頷いた飯田は赤穂さんを3号車に向かって引っ張りつつ、さっきの親子連れや中年サラリーマンにも声をかけていく。

「すみませ～ん。危険物が見つかりましたのでぇ～3号車へ退避願いま～す」

「そのままデッキを封鎖して、こっちへ誰も来ないようにしてくれ！」

3号車側へ消えつつあった飯田は「了解」と手をあげて応えた。

鉄道公安隊内には、まだ専門の爆発物処理班が創設されていない。

どうする……塚本駅に緊急停車して、大阪府警に爆発物処理班を回してもらうか……。

そんなことを考えながら網棚を見ると、五能がプラスチックボックスに両手を伸ばしてガッシリと摑んでいた。

「なにしてんだ⁉　五能！」

一瞬で体が固まった俺は、右腕だけ動かして叫んだ。

「爆発物かどうか確認する」

「そっ、それは爆発物処理班の仕事だろう」

「鉄道公安隊員が警乗していたにも関わらず、緊急停車させた上、やってきた警察の爆発物処理班が網棚から下ろしてみたら『実は忘れ物のぬいぐるみでした』というわけにもいかないだろう」

　五能は靴を履いたままシートの上にのぼり、プラスチックボックスを間近で確認する。

「それは……そうだが」

　俺は網棚のプラスチックボックスの両端に、ゆっくり手をそえる五能を目で追う。

　それだけでも汗がタラリと流れ出し、俺は白手袋で拭った。

「動かして大丈夫なのか？」

　鉄道公安隊員になる前に銃器を扱う研修は受けるが、爆発物処理までは教えられない。

　もちろん、五能もそうだろう。

「そんなものは分からん。爆弾の種類が不明なのだからな」

「分からんって……お前」

「だが、キハ181系は変速が変わるたびに、立っていた我々がフラつくほど揺れるのだか

ら、そんな列車に仕掛ける爆弾なんぞに振動センサーは仕掛けんだろう」

「まっ、まぁ……そうだよな」

「もし、そんなヤワな仕様なら、今頃は既に爆発している」

フゥゥと息を吐いた五能はプラスチックボックスをゆっくりと持ち上げ、後退りするようにして歩きながら、水平にしたまま少しずつ高さを落としてくる。

そして、赤穂さんが座っていたシートの通路側に、そっと置く。

二人で上から覗き込むと、なんと、上面は透明のプラスチック板になっている。

そこには油性マジックで「ＲＥＤ　ｏｒ　ＢＵＬＥ？」と走り書きされていて、更に百円ショップで売っているように粗悪なニッパが一つ、透明テープで張り付けられていた。

『これは……』

中身は一目見れば分かる。

「爆弾か……」

五能が静かに頷く。

「起爆するかどうかは分からんが……爆弾には間違いなさそうだな」

それが本物かどうかは分からないが、絶対にぬいぐるみではないし、もちろんお土産ものではなく、ビジネスで使用する機械とは思えない。

確実に減りつつある時間が赤く表示されているタイマーが一番上にのっていて、簡単な電子基板から伸びている赤、青の二本のコードは、中に黒い物質がギッシリ詰め込まれている鉄パイプのような円筒形の物体に続いていて、その中心には銀の部品が突き刺さっているのが見えていた。

五能は顔を近づけて、長方形の物体を睨むように見つめて分析を始める。

「単純な時限爆弾って感じだな。時間になったら信管に電気が流れるようだ。爆薬はＣ４ってことはなさそうだな。きっと、花火から掻き集めた黒色火薬だろう」

俺は少し体を引く。

「こっ、黒色火薬⁉　こいつは確実に爆弾と分かったわけだな。じゃあ、次の塚本駅に停車して、お客様をおろして――」

そこで五能が言葉を遮って、タイマーを指差す。

「そんな時間はない。爆発まで、後五分だ」

「五分だと⁉」

確かにタイマーはカチカチと減りつつあり、覗き込んだら「４：59」と表示が変化したところだった。

そのタイマーの減り方から見て「４時間59分後」ではなさそうだ。

頭の中で色々と考えたが、初めての事態に俺にはすぐに答えが出せなかった。

「どうすれば……」

「被害を最小限にするしかない」

「被害を最小限に……」

　そこまで呟いた俺は、ハッと思いついたたった一つの行動を実行するために、グッとプラスチックケースを持ち上げる。

「どうする気だ？　境」

　五能が驚いた顔で俺を見る。

「こんな編成の真ん中で爆発するより、最後尾で爆発した方が被害は少ないはずだ！」

　俺が通路を後ろへ向かって早足で歩き出すと、五能はグッと口角を上げる。

「確かにな……」

　もうこうなったら、お客様に事態を隠してはいられない。

　そのまま5号車、6号車と通り抜けながら、俺は大きな声で叫ぶ。

「車内で爆発物が発見されました！　なるべく前方車両へ避難願います！」

　車内からは『えぇ～』と驚く声が聞こえてくるがパニックにならないように、続いて歩いてきた五能が大きく両手を振りながら落ち着いて誘導していく。

「大丈夫だ！　荷物は置いたまま、落ち着いて前方へ移動だ！」

自信に満ちた五能の顔と言葉のせいか、お客様はパニックにならずに行動してくれる。

俺達が通過した後から、お客様は素早く立ち上がって前方車両目指して通路を必死に駆け出していった。

そのまま最後尾の7号車に入ったら、お客様の誘導は五能に任せて俺は乗務員ドアのところまで走って、失礼だと分かっているが足でガンガン蹴る。

後部運転台にいた車掌が、少し驚いた顔でガラス窓のところまでやってくる。

まだ若い感じのする車掌で、少し怪訝そうな顔をした。

「なんですか？」

すでにタイマーが「3：14」になってしまっているので、説明はしていられない。

両手でプラスチックボックスを上にあげて見せる。

「時限爆弾だっ！」

その瞬間、中にいた車掌の顔がハッと赤くなる。

「ばっ、爆弾ですか⁉」

これがお客様なら信じられないところだろうが、制服の鉄道公安隊員が言っているのだから一発で「本物」ってことが伝わる。

「そうだ！　時間がないから、早くここを開けてくれ！」

「わっ、分かりました」

車掌はカギを急いでガチャリと開き、ドアを運転台側へ引いて開く。

俺はプラスチックボックスを抱えながら運転台へ飛び込んで叫ぶ。

「危ないのであなたも避難してください！」

「しっ、しかし……私もこの列車の車掌ですし――」

車掌のセリフを大声で吹き飛ばす。

「いいからっ！　これは俺達鉄道公安隊の管轄だ！」

「はっ、はい！」

気圧された車掌は運転台から飛ぶように出て、振り向きつつ通路を走って行く。

俺は顎先を必死に大きく前へ向かって振る。

「行け――‼　お客様と一緒になるべく前へ――‼」

突き当たりのデッキ辺りからは、車掌の「は～い‼」という返事だけが聞こえてきた。

俺は運転台の右側にある台の上に、プラスチックボックスを静かに置く。

タイマー表示は、ついに「1：58」と二分を切っていた！

「後二分で爆発するかもしれないのか……」

もしここで爆発すれば運転台付近を中心に、最後尾の七号車はかなり破壊されるだろう。

だが、それ以上に被害が及ぶことはないのかもしれない。

ならば運転台の奥深くにこいつを設置して、その上になるべく多くの布などの衝撃を吸収しそうな物を置いて、俺もここから避難するべきか……。

そう考えた俺の目に、プラスチックカバーの上に書かれた文字とニッパーが目に入る。

「RED or BLUE?」

それは俺に対して「かかってこいよ」とRJから投げられたメッセージのようだった。

もし……どちらかのコードを切って、爆弾を解体することが出来れば……。

それが出来たら最後尾車を救うことが出来る。

ただ、間違ったコードを切れば、俺は爆発に巻き込まれて死ぬだろう……。

一瞬の時の中で頭の中には走馬灯のように、色々なことが駆け抜けていった。

フッとタイマーを見た俺は、考えることなく決断した。

それをやらなきゃ……責任者じゃない！　俺は第七遊撃班の班長なんだ！

プラスチックボックスに手を伸ばすと、透明カバーは被せてあっただけなので、大して力を入れなくてもスッと上に外れた。

透明カバーに貼り付けてあったニッパを外し、右手に持って身構える。

「よしっ……解体してやるぞ」

ゴクリとツバを飲み込み、ニッパをコードに近づけていく。

その瞬間、後ろから声がした。

「どっちにするんです？ 境君」

首だけ回すと、五能の横に立つ飯田がニコニコ笑って見つめていた。

「お前らも避難しろ！ コードを切った瞬間に爆発するかもしれないんだぞ」

「まぁまぁ、私達も鉄道公安隊員ですし、同じ第七遊撃班ですから～」

飯田が右手をヒラヒラ振ると、五能がウムと頷く。

「こういう時は一蓮托生、呉越同舟というものだ」

「五能さん、呉越同舟って『仲の悪い者同士や敵味方が同じ場所にいる』ってことですよ～」

ニヒヒと微笑む飯田を、五能は冷静に見つめて少し考えてから答える。

「では、それほど間違いでもないだろう。別に我々の仲は良くあるまい」

「えぇ～酷いなぁ五能さん。私は『仲良し』って思っているのにぃ～」

タイマーが急速に減っていく爆弾の横で、そんな気楽な会話をしている二人に俺は叫ぶ。

「お前らなぁ。わざわざ犠牲者を増やさなくていいだろ⁉」

飯田は五能と顔を見合わせてから呟く。

「まぁ、こんなことで死ぬくらいなら、そんなに長生き出来ませんよ～」

五能は「そうだな」と頷く。

二人は肝がすわっており、こんな状況にも関わらずまったく動じてなかった。

こういう時は部下がグランドスラムで良かったと心底から思う。

「ったく……お前らという奴は……」

「ほらっ、もう時間がありませんよ～」

飯田が指差したプラスチックボックスのタイマーは、ついに「0：59」を回った！

「じゃあ……やるぞっ」

俺はニッパを持って二つのコードに近づけたが、知らないうちにフルフルと震えていた。

「赤ですか？　青ですか？」

「どっ、どっちだ……」

「もう回路を読んでいる時間はありませんよ」

「むうう」

きっと、一つは解体成功、一つは爆死。

第七遊撃班の命運を二分の一の確率に賭けることに、俺の体は震えていた。

その時、振り返って車窓から前方を見つめていた五能が「おっ」と小さな声で呟く。

飯田の方は俺の横に立って、時限爆弾を子犬でも見るように楽しそうな顔で覗き込む。

「ちなみに～大阪局で読んでいた新聞の星占いによると～、境君の誕生日のヤギ座の～今日のラッキーカラーは～」

「なっ、なに色だ!?」

俺はタイマーの数字を見たまま、藁をもすがる思いで聞き返す。

「確か～緑！」

「そんな色のコードはついてねぇ！」

「あ～ら残念～」

爆死するかもしれない状況でも、まったく雰囲気の変わらない飯田はフフッと微笑んだ。

タイマーは、ついに「0：15」を過ぎた！

「こうなったら！　赤だ」

特に理由はなく色を決めた俺は、赤いコードを開いたニッパの刃の間におく。

一か八かだ！

俺は目を瞑ってフンッとニッパを持っていた右手に力を入れた。

だが……ニッパからコードがパチンと切れるような感覚がまったく伝わってこない。

俺がパッと目を開くと、プラスチックボックスが台の上からは消えていた。

どういうことだ⁉

ゴォォォォォォォォォォォォォォォォォォォォォォ‼

突如、運転台内に強烈な風が入り込んできたので、風元を確かめたら中央の貫通扉が開かれていたからだった。

車内のすき間で笛のようなピュュという音がいくつも響き、運転台から外へ向かって吸い出されるような風の流れが起こり、書類や埃がブワッと舞い上がって外へ出ていく。

そして、貫通扉の脇には、右手でガシッと乱暴にプラスチックボックスを摑んでいる五能が立っていて、制服の裾や襟が強い風を受けてバタバタ鳴っていた。

俺と飯田は吸い出されないように、必死に壁や台に手をついてしがみつく。

「ごっ、五能⁉　お前、なにを⁉」

「そんな危ないことしなくても……捨ててしまえばいいだろ」

「すっ、捨てるって⁉　沿線には住民が――」

その瞬間、先頭方向から響いてきた大きな音で、俺の声は遮られた。

それは列車が大阪最大の河川、淀川を渡る下淀川橋梁に突入した音だった。

貫通扉からは真ん中に後方へ流れていく線路が見えていて、その左右には鉄骨で組まれたトラス橋桁が続き、その向こうに緑色に汚れた淀川が流れていた。

思いきり振りかぶった五能は、

「**列車に危険物を載せるなっ——‼**」

と、躊躇することなくプラスチックボックスを貫通扉から斜め後方へ向かって投げつけた。

車外へ飛び出した瞬間、フリスビーのように回転しながら飛んだプラスチックボックスは、大きなカーブを描きながらトラスの間を上手くすり抜けていく。

そこからは時間の流れがスローモーションになったように感じた。

大きな川幅を持つ淀川の中央付近に落下したプラスチックボックスは、だんだんと回転を弱めながら川へ吸い込まれるようにして落下していく。

俺達は貫通扉の左右に駆け寄って、食い入るように行く先を追いかけた。

やがて、重力に引かれたプラスチックボックスは、放物線を描きながら川にドブンと着水し、小さな水シブキが上がったのが見える。

運転台にはガコンガコンという、鉄橋を通過する大きな音だけが響く。

「あれ～やっぱり本物じゃなかったのかな？」

右から顔を伸ばして飯田が呟くと、左から五能が顔を出してフッと笑う。

「素人の作る電子回路なんて、いい加減なもんだからな」

「水に浸かってショートしたとか？」

三人で顔を見合わせて微笑んだ瞬間だった。

ピシッって音に続いて……、

ドォォォォォォォォォォォォォォォォォォォォォォォォォン‼


と、近くに落雷したかのような強烈な音が鳴り響き、すぐにお腹の奥に響くような振動がやってきた。

落下地点には巨大な水柱が出現し、下淀川橋梁に大量の水を降らせていた。

「ほぉ、あんな装置でも、ちゃんと爆発したな」

五能は冷静に分析する。

「あの電話してきた人……割と神経質な人だったのかもねぇ～」

背伸びしながら飯田は、おさまっていく波紋を見つめた。

あっ、危なかった‼

あのまま間違ったコードを切っていたり、タイムオーバーになっていたら、きっと、7号車の半分くらいは爆発に巻き込まれてしまい、こういう橋梁の上だったら、前方車両も巻き添えを喰って脱線転落していた可能性もあった。

それこそ、もし、編成中央のグリーン車で爆発していたら……。

赤穂さんはもとより、乗客の多くが傷ついてしまっていただろう。

犯人もそうした状況を狙って、特急はまかぜ3号が下淀川橋梁を通過する時間を逆算してタイマーを仕掛けたのだろうか？

五能がバタンと貫通扉を閉めたので、俺は五能を見ながら言う。

「ありがとう、五能」

俺が出した右手を五能は、男前にパシンと摑む。

「礼を言われるようなことじゃない。活躍のチャンスを潰して悪かったな」

「いや、いい判断だった」

その時、下から女の子の声がする。

「すぅごぉぉぉぉい！　格好いい――‼　私、鉄道公安隊員さんになるっ！」

知らない間に美遥ちゃんがやってきて、目をキラキラさせていた。

「じゃあ、待っているから、いつか國鉄の入社試験を受けてね」

俺は苦笑いで答えたら、美遥ちゃんは「うん」と元気よく返事する。

遠ざかる淀川を見つめながら、湧き上がる胸騒ぎを俺は感じていた。

ＢＢ０２　どうして私が!?　場内進行

「アホかっ、なに言っとるんや――‼」

全てを報告した瞬間、烏山室長は顔を真っ赤にして叫んだ。

話が聞こえていた周囲の隊員からも、クスクスと笑う声が聞こえてくる。

「本当なんです。４号車の網棚に置いてあったプラスチックボックスが爆発したんですよ！」

俺は大きく左右に手を広げて必死に説明したが、烏山室長は首を左右に振るだけ。

「ほな、証拠は？」

「証拠？　そんなものありませんよ」

「なんでや？」

「報告したように時限爆弾は木端微塵に爆発しましたから、跡形も残さずにっ。きっと、下淀川橋梁の中央付近の川底を浚えば、残骸が出てくると思いますが……」

烏山室長はチッと舌を鳴らす。

「そんな戯言で大阪府警に、ドブさらいの協力要請なんて出せるかい」

そこで、後ろから「あの〜」と飯田が「ＲＥＤ　ｏｒ　ＢＵＬＥ？」と油性マジックで書かれたプラスチックカバーとニッパを出して、烏山室長の机にそっと置く。

「これが爆発物の遺留品です」

つまらなそうに二つの遺留品を烏山室長は確認する。

「こんなプラッチックのカバー一個とニッパが、どないしたちゅうねん。こんなもんくらい駅の百円ショップへ行ったら、いくらでも売っとるわ」

「それはそう～なんですけどねぇ～」

あまりにも俺達の報告を信じてくれないことに腹が立ってきた。

俺は机に覆い被さるような勢いで、上半身を前へ倒す。

「だったら！　どうやったら信じてくれるんですかっ！」

「ヨタ話なんぞ信じへん言うとるやろがい！　ここは大学のサークルやないんやぞ、ボケ。鉄道公安隊員やったら、誰でも分かる確固たる証拠を持ってこんかい！」

押し返すように烏山室長も立ち上がり、俺は額をぶつけそうになるまで迫る。

「車掌からも報告は上がっているでしょ!?」

その瞬間、烏山室長はニヒヒと不気味に微笑む。

「あぁ、聞いとるでぇ」

「……だったら」

「なんや～『小さな破裂音は聞こえた』となぁ」

「ちっ、小さな破裂音？」

俺が怯みながら聞き返したら、烏山室長がズイッと顔を前へ押し出してくる。

「せや～他の客からも話は少し聞いたけどな。結局、『爆発を見た～』ってギャーギャー言うとんのは、お前ら第七遊撃班と子供が一人だけや！」

最後に烏山室長は、俺の鼻先をズバッと太い右の人差し指で指した。

「おっ、俺達と美遥ちゃんだけ～？」

その時、後ろに立っていた五能が呟く。

「お客様も車掌も安全を考慮して、1号車まで避難していたそうだからな」

「距離にして約百五十メートルも離れているんだから、あんまり大きな音には聞こえなかったかもねぇ～」

飯田はウンウンと頷いた。

自分で「勝負あったな」と思ったらしい烏山室長は、フンッと高らかに鼻を鳴らしてから、自分の椅子にドカリと腰をおろしてふんぞり返った。

「ったく……塚本で緊急停車まで勝手にしやがって。おかげで大阪鉄道管理局から『しょうもないことで、ダイヤを乱すなっ』って嫌味喰らったんやぞっ」

烏山室長は贅肉ののった胸の上で、太くなった両腕をムンズと組んだ。

あれだけのことがあったので俺は車掌と相談して塚本駅で停車してもらい、車両点検などをしてもらったのだが、もちろん、どこにも異常はなかったので三分程度の停車で、そのまま米子へ向けて出発したのだ。

ダイヤを守ることに命をかけている鉄道管理局からすれば、鉄道公安隊からの余計な心配事で「乱された」としか思えなかったのだろう。

ある意味、被害がなにもなかったことで、爆発の証拠もなくなってしまったのだ。

「でもですね……」

納得いかなかった俺が、もう一度しっかり説明しようとした。

その時、事務所内にピンと緊張感が走って、後ろの方でザワザワッとした音が響きだすと共に、パシンと足を鳴らす音も次々に近づいてくるような感じがした。

「でもも、へったくれもあるか！ ごちゃごちゃ言うとらんと、責任者やったら大人しく始末書を書け――!! 始末書を――!!」

烏山室長がツバを飛ばしながら喚く。

始末書は仕方なしか……俺達だけで川を浚って爆発物の残骸を探しだすわけにもいかないしな……。

だが、第七遊撃班の責任者として、言うべきことは言っておく。

「最後に一言だけよろしいでしょうか？ 烏山室長」

肉であまり動かなくなっている首を上下に動かす。

「それを聞いてやったら、始末書を大人しく出すんやったらな」

俺は「了解しました」と返事してから話しだす。

「もし、あのまま我々が脅迫電話を信用せず、はまかぜ3号に警乗していなかったら……」

そこで一拍おいた俺は、鳥山室長を睨むように見て続ける。

「グリーン車である4号車に乗っていた『ミスホーム西日本代表』の赤穂明日香さんは、網棚に置かれた爆発物によって死亡……いや、少なくとも大きなケガを負っていたはずです」

その瞬間、驚くような声がした。

「えっ!?　うちのコンテスト出場者が死ぬところだったの!?」

俺が振り返ると、そこには顔が思いっきり日焼けしている長身の男の人と一緒に、國鉄改革戦略部の吾妻部長が並んで立っていた。

鉄道公安隊大阪局の人達が起立して、敬礼していたのはそのためだった。

そんな吾妻部長の横に立つ男の人の年齢は四十以上だけど、五十まではいかないチョイ悪オヤジといった感じ。

日焼けした顔にかけていた真っ黒なティアドロップサングラスを、まるでサーファーのように色が抜けている茶髪に載せた男は、裸足で履いているエナメルの靴、麻のパンツ、革ベルト、エンブレムのついたポロシャツまで、全て白でトータルコーディネートしていた。

そういったものには詳しくはないが、きっと、高級なヨーロッパブランド物なのだろう。

全てのボタンを外してあるポロシャツは胸元がガバッと大きく開き、そこからは褐色の胸板の上で金にギラギラ光るチェーン状のネックレスが見えた。

最近よくテレビで聞く「ヤングエグゼクティブ」とか呼ばれる、株や土地なんかで一儲けしてリッチになった連中がやるようなファッションで、絶対に國鉄関係者じゃない。

優しい笑みを浮かべた吾妻部長が一歩前に出る。

「聞き捨てなりませんね、そのお話」

五能や飯田と共に、速攻で敬礼しようとしたら、右手をあげて「いいからいいから」と微笑みながら止められた。

そのまま吾妻部長が机の前に進むと、烏山室長はダンッと勢いよく立ち上がる。

「これはこれは吾妻部長。大阪局へ寄られる予定でしたら、うちのもんをホームまでお迎えに向かわせましたのに……」

すっかり態度は変わって、ヘラヘラと笑いながら両手を合わせて揉み手をしている。

國鉄は自衛隊並みの階級社会。

吾妻部長が年下でも、室長は命令を聞かなくてはならない立場にある。

しかも、室長と部長との間には「新橋・横浜間の距離がある」という國鉄ことわざがあるくらいに、部長は誰もがなれる立場ではないのだ。

　比較的年功序列を優先する國鉄では、現場からの叩き上げでも室長までは上がれるが、キャリアではない者が部長になるには、輝くような実績を残すか、國鉄幹部との強力なコネが必要とされているのだ。

　そこで吾妻部長は俺の顔をチラリと見た。

「突然お伺いして申し訳ありません。ちょっと気になることを小耳に挟んだものですから」

「気になる話……でっか？」

「えぇ、爆弾騒動です。今、話していた『はまかぜ3号』での」

　俺は初めてリアルな「苦虫を噛み潰したような顔」というものを見た。

　烏山室長は「……はぁ」という返事をする。

「その列車にうちのミスホーム西日本代表が『乗っていた』って本当なの？」

　俺達の後ろに立ったまま、少し怒ったような感じで日焼けした男は声をあげた。

　烏山室長は額をピクピクさせながら、とても嫌そうな雰囲気で言葉を絞り出す。

「えっ……えぇ。只今、第七遊撃班から……その……そういうことがあったなぁ……みたいな報告を受けておったところ……ですねんけど……」

　吾妻部長はニコリと笑う。

「そうですか、さすが烏山室長。國鉄へのテロを未然に防がれたとは」

「えっ……あっ……まぁ、そう……そうでんな。いや、たまたま、たまたまですわ」

「いや、犯罪はいつも新たな形でやってきますからね。それにすぐに対応されるのは、中々出来ることじゃありませんよ」

頭の後ろに右手をあてた烏山室長は、アハアハとあいそ笑いをする。

「まぁ、なんでっか？　ほれっ『犯罪はクリキントンやない』とか言いますさかいなぁ」

それ五能のセリフをまんまパクッた上に、完全に間違ってんだろ！

そこで、バっと振り返った吾妻部長は、俺の顔を見て微笑む。

「話を聞かせてもらっていいですか？　その件について」

「えっ、えぇ。大丈夫ですよ……」

そこで俺は報告をまったく信じていない烏山室長を見ながら聞く。

「いいですか？　烏山室長」

「そっ、そうやな。吾妻部長にしっかり協力するんやぞ、境」

逆らえるはずもない烏山室長が渋々承諾する。

「じゃあ、会議室を一つ借りられますか？」

吾妻部長が呟いた瞬間、烏山室長のアイコンタクト一つでかわいい女性事務員がすっ飛んできて、パラパラと会議室の予約表をチェックする。

「えっと～第3会議室が開いています。こちらへどうぞ」

吾妻部長と男の人が事務員について歩きだしたので、俺達第七遊撃班もその後ろに続いた。

事務室を出て階段をのぼり、一つ上の階の廊下を歩き出す。

飯田は男が小脇に抱えていた小さなブランド物のセカンドバッグをフムフムと見つめる。

「あぁ～プリビジョンのバッグだぁ～」

男は嬉しそうに振り返る。

「やっぱり分かっちゃうよね。高級ブランドのバッグっていうのはさ～」

「確か～かなり高級品ですよねぇ～」

男はアッハハと顔を上へ向けて高らかに笑う。

「良い物は高くなる。いや、この品質なら、寧ろ『安い』って言っていいんじゃないかな～」

「そうかもしれませんねぇ。國鉄のお給料じゃ～とても買えませんけどぉ～」

飯田はフフッと笑う。

「そんなことないよ～。給料で株をたくさん買えばいいんじゃない？」

「株を？」

「そうそう、うまくやれば一月で倍に増やせるからさ～」

「へぇ～そんなに儲かるんだぁ～株って」

目をキラキラさせている飯田に、男はフッと格好つけて微笑んでみせる。

「ただ、株は全財産を一瞬で失うリスクもあるから、YOU（ユー）がやる時は気をつけてやるんだぞっ」

フッと横を見たら五能はそんな話には、まったく興味がなさそうで窓の外を眺めていた。

「吾妻部長、こちらです」

立ち止まった事務員は「第3会議室」と書かれた扉を開く。

縦長の会議室には茶色の木目調のテーブルが並び、一番奥にはタバコのヤニで黄ばんだブラインドのかけられている窓があった。

國鉄の会議室なので装飾物はなく、テーブルとパイプ椅子だけというシンプルな設計。

向かって右側には吾妻部長と男が入ったので、俺達三人は左側に入って中央辺りで向かい合うようにして立った。

そこで、吾妻部長が男を右手で指す。

「こちらは『品鶴幹久（ひんかくみきひさ）』さんです。現在、國鉄が協賛で入っている『ミスホーム』の実行委員会委員長を務めて頂いているんです」

右腕を曲げたままでヒョイとあげ、フランクな感じで挨拶する。

「俺は品鶴だ。よろしくっ」

「我々は東京中央鉄道公安室・第七遊撃班です。俺が境、こっちが飯田、そっちが五能です」

俺が代表でそれぞれを指差しながら紹介する。

「YOU達、よろしくっ！」

そう言いながら右手の親指と人差し指を開いてチョキのようにして人を指す、少し古いアイドルのようなポーズを決めた品鶴さんを見て、俺は思い出したことがあった。

あれ……このポーズは？

「あの〜もしかして品鶴さんって、少し前までテレビに出ておられませんでした？」

「やっぱり分かっちゃうかな」

品鶴さんは嬉しそうに笑った。

そこで、飯田も「そっか」と気がつく。

「あれですよね？　大学生内での恋愛を描いた〜なんとか思春期！」

「サヨナラLOVE思春期な」

品鶴さんは少し恥ずかしそうな顔で微笑んだ。

そんなに大ヒットしたドラマじゃなかったし、品鶴さんが主役ってこともなかったが、たまたま毎週見ていたドラマで、品鶴さんが大学生役で出ていた。

ドラマの時は肌も白く若かったこともあって、すぐには気づかなかったのだ。

「そうですよね？」

「あれは若気の至りってことさ。事務所がいい加減な仕事をとってくるもんだからさ、仕方なく俳優のマネごとなんかもしていたんだよ」

一つキッカケが生まれると、色々と思い出す。

「歌も歌っていませんでした!?」

品鶴さんは顔の前で右手を立てて左右に振る。

「もう勘弁してくれ。ＹＯＵは俺に恥をかかせる気なのかい？」

フフッと微笑んだ吾妻部長は、俺達にテーブルを挟んだ向かい側の席を指す。

「では、ご挨拶はこれくらいにして……。皆さん、掛けてください」

吾妻部長に言われた俺達は『失礼します』と言ってから、横並びに座った。

日本全国に延びる國鉄の路線図が描かれた湯呑みにお茶を入れた事務員が、それぞれの前に一つずつ置いて会議室から出ていく。

ドアが閉まるのを見てから、おもむろに吾妻部長が呟く。

「では、聞かせてもらえますか？　その列車爆発事件について……」

「あれは昼休みの時でした……」

俺はここまでの経緯を吾妻部長と品鶴さんに簡単に話した。

全てを聞き終えた吾妻部長は「なるほど」と小さく呟く。

その横に座っていた品鶴さんは目をカッと大きく見開いてから、拳にした右手をドンとテーブルに落とす。

「それは！ ミスホームの子が狙われたってことだろ！」

「たぶんそうだと思うのですが……」

俺が言いにくそうにしていたら、横から飯田が烏山室長のマネを交えつつ呟く。

「でも～烏山室長は『そんな爆発本当にあったんか～？』って言って、まったく信じてくれなくて少し困っていたところなんですよぉ」

「爆弾を大阪局へ持って帰ればよかったな」

五能はニヤリと右の歯を牙のように見せた。

そこで、顔を見合わせた吾妻部長は、品鶴さんと静かに頷き合う。

「聞いて欲しいことがあるんです。君達、第七遊撃班に」

「なんでしょうか？」

俺は飯田と五能と共に、テーブルに前のめりとなって吾妻部長に耳を傾ける。

「実は……脅迫電話が入ってきています。ミスホーム実行委員会に数か月前から『税金をムダ使いするな』とか、『すぐにミスホームを中止しろ』なんていうものが」

そんな状況に俺達は三人で驚く。

『委員会にも脅迫電話が!?』

「最初は『イタズラ電話』として処理していたのですが……。決勝大会が近づくにつれて頻度が増し、実害もいくつか発生し始めたものですから」

「実害とは?」

顔をしかめた品鶴さんは、五能に向かっておもしろくなさそうに答える。

「委員会事務局のＦＡＸに、夜のうちに同じ文章を大量に送りつけてきたり、代引き着払いで送られてくる高額の通販商品や、大量の出前注文とかだ」

「そういうのって、本当にうっとおしいよねぇ」

飯田がフムフムと頷く。

「威力業務妨害ということで警察にも届けは出したのだが、これくらいの犯罪では捜査員を張り込ませて電話の逆探知まではしてくれなくてね」

「では犯人は誰か、分からなかったということですね」

「まぁ、今までのことは嫌がらせみたいなもので、こっちが我慢すればいいだけのものだったが、まさか大会出場者の命まで狙われるなんて……」

品鶴さんは悔しそうにグッと奥歯を噛んだ。

俺は吾妻部長を見る。

「嫌がらせも含めて脅迫してきたのは、全てRJですか？」

吾妻部長は品鶴さんとアイコンタクトしてから呟く。

「いえ、全ての脅迫電話の主が『RJ』と名乗ったわけではありません」

少しイラついた俺は、胸の前で腕を組む。

「いくら國鉄のことが嫌いだからといって、國鉄が協賛するミスコン出場者の命を狙うなんて……。こうなったらRJはテロリストですね」

「もしかすると武力闘争に路線変更したのかもしれません。ここ数年に渡るデモや啓蒙活動では、まったく状況が変わらないと感じて……」

そこで飯田が首を傾げる。

「そういえば……はまかぜ3号に爆弾を仕掛けた爆弾犯は、どうやってグリーン車に赤穂さんが乗ることを知っていたんですかねぇ～？」

それについては俺も少し不思議に感じていた。

RJは赤穂さんが座っていたシートの真上の網棚に、ちゃんと爆弾を仕掛けていたのだ。

「確かにな……。列車の切符は赤穂さんが、駅のみどりの窓口で自分で買ったんですか？」

「いや、出場者の行き帰りのチケットやホテルは、全て実行委員会で用意したものだ」

そう言った品鶴さんを俺は見る。

「実行委員会で手配した……ということは、イベントスタッフなら『はまかぜ3号のグリーン車のあのシートに、赤穂さんが座る』ということは分かったということですね」

俺の言葉を聞いた品鶴さんはクワッと目を大きく見開く。

「スタッフの中に、そんなことをする奴はいないよ！」

「あっ、すみません。あくまで可能性について言っただけですから……」

俺が軽く会釈して謝ったら、五能はスッと目を細める。

「ミスホームの決勝大会はいつだ？」

品鶴さんが速攻で答える。

「九日後の名古屋國鉄ホールさ」

そこで飯田は「ふ〜む」と呟く。

「もし、はまかぜ3号での事件が、ミスホーム西日本の赤穂さんを狙われて行われたものだとしたら、きっと、RJは決勝大会も狙って来ますよねぇ？」

「そうかもしれん。実際にそういった脅迫電話も増えてきているからなっ」

「もしかして〜表彰式なんかをやっている最中に、爆弾が会館のどこかで爆発でもしたら……大変な事態になっちゃいますよねぇ」

「確かに……それはそうだな」

品鶴さんは額から流れだす汗をポケットから出した白いハンカチで拭く。

飯田の心配していることは、俺にもよく分かった。

「RJとしては『決勝大会を邪魔すればいい』だけですから、実行はそんなに難しくない。小型の爆弾でも開催期間中に会場内で爆発すれば、テレビ・新聞は『國鉄協賛のミスコン大会でRJによるテロ！』と、思い切り書き立てるでしょうからね」

そこで五能が品鶴さんを見据えたままボソリと呟く、

「中止したらどうだ？　そんな危険な大会なんて」

その提案に驚いた品鶴さんは、両腕を左右に開いて叫んだ。

「中止だとっ!?」

「そうだ。RJはあれだけの時限爆弾の製造能力がある。もし、お客様の集まっているホール内であれが爆発したら、被害者の数はとんでもないものになるのだぞ」

「そっ、それは……そうかもしれんがな」

重苦しそうな顔になった品鶴さんは、グッと奥歯を噛んで下を向く。

「命までかけてやることなのか？　そんな大会」

「そんな……大会?」

五能は戸惑う品鶴さんを見ながら、躊躇することなく頷く。

「要するに……『どの女が男に受けるか』なんてことを比べる大会だろう?」

品鶴さんをチラリと見た飯田は、ごまかすようにアハアハと笑う。

「ミスコンってそういうことじゃないと思うよ〜五能さん」

「そうか? ああいう大会で使うハイヒールや、体のラインの出るだけのタイトなドレスなぞ機動性のかけらもないだろ」

「ハイヒールやドレスに機動性を求められてもねぇ〜」

「ミスコンなんてものに出場する連中の気が知れんな……私には」

その瞬間、品鶴さんはバッと顔をあげて大きな声を出す。

「それは違うよ、YOU!」

大きな声で叫んだ品鶴さんは、身振り手振りを加えて説明を続ける。

「ミスコンはそういうものじゃなくってさぁ。自立した女性感を表現するためにやっているのさ。出場する子猫ちゃん達は、毎日必死に自分を磨いているんだぞっ」

「私には……そうとは思えんがな」

品鶴さんの意見に、五能はまったく納得出来なさそうだった。

そこで、横に座っていた吾妻部長の肩を両手で摑み、すがるように品鶴さんは懇願する。

「あっちゃん！　どうにか決勝大会をやらせてくれ‼　中止にしないでくれよ」

驚いたことに吾妻部長のことを品鶴さんは「あっちゃん」と呼んでいるらしい。

たぶん、そんなことが出来るのは、日本中でも品鶴さんだけだろう。

「ミスホームの決勝大会に向けて、多くのスタッフ、出場者、スポンサーが必死に努力を積み重ねてきたんだ。それをこんな卑怯な連中の言いなりになって止めたくはないんだ！」

そんな品鶴さんの手に自分の手を重ねて、吾妻部長は優しく微笑みかける。

「そうしたいと思っています、私も」

「あっちゃん……」

品鶴さんの両手を肩から優しく下げた吾妻部長は、俺達を見ながら話す。

「五能さん、決勝大会は中止すべきかもしれません。確かに安全面だけを考慮すればね……」

「私は中止すべきだと考えます」

吾妻部長は「ですが……」と前置きしてから、真剣な顔をする。

「テロに屈するわけにはいきません、國鉄は」

俺達の心にグッと熱いものがこみ上げてくる。

それはどんなことがあろうとも、絶対に守らなくてはいけない想いだと感じた。

「それには同感だが……」

五能もその意見には納得する。

「彼らは次々に國鉄に対する要求をエスカレートさせてくるでしょう。もし、今年のミスホームが中止になってしまって、ＲＪに『脅迫すれば意見が通る』と思わせたら」

「そうすれば、いずれは『國鉄を分割民営化しろ』と……」

俺がそう言うと、吾妻部長は見返してしっかり頷く。

「雪崩のように繋がるはずです。一歩の後退は……十歩、百歩の後退に」

そこで顔を見合わせた俺達は一斉に頷く。

飯田は吾妻部長を見る。

「大会を行うなら～警備を強化するしかありませんねぇ」

吾妻部長も同じように考えていた。

「そういうことになりますね。ですので、本社の鉄道公安隊にお願いして、名古屋國鉄ホールを警備する人員を送ってもらおうかと考えています」

その瞬間、品鶴さんの顔がパッと明るくなる。

「ありがとう！　そこまでやってくれるなんて！」

「これは國鉄に対するテロでもありますからね」

吾妻部長は爽やかに微笑む。

「警備が強化されれば……きっとＲＪも動きにくくなりますもんねぇ～」

そんな飯田の言い方が、俺は少し気になった。

「どうしたんだ？　飯田。なにか気になることがあるのか？」

飯田はすっと吾妻部長を見つめる。

「吾妻部長、本社からの応援って警備班ですよね？」

「必然的にそうなりますね。今回は会場警備ですから」

「じゃあ全員男性ですか？」

「そうですね。残念ながら鉄道公安隊の警備班は創設以来、未だに女性隊員が誕生したことはなく、全員男性によって構成されていますので」

首を少し回した飯田は、品鶴さんを見直す。

「ミスホームの決勝大会となれば、出場者は全て女性になるんですから、男性が入れないエリアもあるんじゃありませんか？」

「もちろん、こうした大会だからステージ、トイレ、フィッティングルームなど『女性専用エリア』も多い。それに不正が行われないように、外部の者と接触が禁じられているホテルや専用レストランなどの『出場者専用エリア』も女性のみだ」

「それだと～本社の鉄道公安隊だけじゃ、警備は難しくありませんか？」

「確かに……そうかもしれませんね」

吾妻部長が視線を落として考え込む。

そこで、俺はさっき言ったことを思い出す。

「あくまでも……可能性の問題ですが、ＲＪのメンバーが、実行委員会やスタッフ……いや、もしかしたら大会出場者の中に紛れ込んでいるかもしれませんよ」

品鶴さんは眉間にグッとシワを寄せて嫌そうな顔をする。

「まさか、そんなことは……」

「いや、警備をするなら、ありとあらゆる可能性は想定しておかないと」

全員が『う～む』と考え込んだ瞬間、吾妻部長がボソリと呟く。

「だったらホテルやレストランは出場者と一緒に行動する必要性がありますね……。女性の鉄道公安隊員がボディガードとして」

吾妻部長が制服姿の飯田と五能を見たら、品鶴さんが嫌そうな顔で首を左右に振る。

「いや、それは勘弁してくれ。ボディガードとはいえ部外者には変わらないし、常に制服の鉄道公安隊員が周囲にいられたら、『何者かに脅迫されているのか?』とメディアに何を書かれるか分からない」

「その方法だとボディガードということが周囲にバレてしまいますから、外部からの強襲だけは防げますが、内部からの場合は難しいですよねぇ?」

頷く飯田に俺も続く。

「スタッフの中に犯人がいるなら、女性鉄道公安隊員のいなくなった瞬間を狙って大会出場者を襲うだろうな」

「そういうこと～」

俺達の話を聞いていた吾妻部長は、すっと顔を上げる。

「だったら……潜入捜査しかありませんね」

俺達は声を揃えて聞き返す。

『潜入捜査!?』

吾妻部長は右の人差し指を上へ向けて伸ばす。

「えぇ、内部から隠密監視するんです。女性鉄道公安隊員を大会出場者として潜入させて」

そのアイデアに俺は賛成する。

「大会出場者だったら、犯人も油断するかもしれませんしねっ」

品鶴さんは「なるほど」と頷く。

「どうですか？ 品鶴さん。大会出場者の一名を女性鉄道公安隊員と入れ替えることは出来ませんか？」

天井を見上げた品鶴さんは「そうだなぁ」と考えていたが、

「そうだっ！ 確か北関東エリアで優勝した『ミス土合』が、インフルエンザに罹ったと言っていたからさ、そこだったら入れるぞ」

と、嬉しそうに笑った。

「じゃあ、女性鉄道公安隊員が潜入捜査官として、ミス土合を演じるってことですね」

俺がそう言った瞬間、吾妻部長が目の前の二人を見て微笑む。

「どちらかになりますね。第七遊撃班の二人の」

「えっ、えぇ――――!!」

驚きの展開に俺は声をあげてから焦って続けた。

「ほっ、他にいないんですか!? 女性隊員って!?」

吾妻部長は力のないあいそ笑いを浮かべる。

「そもそも、國鉄の男性比率は7割から8割。鉄道公安隊に至っては95%以上ですよ。それは境君も肌感覚でご存じでしょう」

「それは~まぁ、確かに……」

鉄道公安隊の部署において女性は事務員さんくらいで、ちゃんと射撃などの研修を受け終わっている鉄道公安隊員はあまり見たことはない。

「ですが……國鉄本社にならいるんじゃありませんか?」

「ほとんどの方は年齢的に厳しいのでは……ないでしょうか? 一応、おられるには~おられると思いますが~」

頭の中に気合の入ったボディコンシャスワンピースを無理矢理着込む、中年鉄道公安隊員がボンと浮かび上がってくる。

それは……一発で潜入捜査ってバレるな。

俺は潜入捜査員を第七遊撃班から出すことに了解した。

「分かりました。では、飯田か五能の――」

そこまで言っただけで、五能は俺のセリフに被せるように声をあげる。

「それは飯田さんだろう」

五能に指名された飯田は、まんざらでもない顔でフフッと笑っている。

「えぇ～いいの～？　私がミス土合になっちゃって～」

「構わん。心から譲ってやる」

「きっと、美味しいものが食べられて、とってもいいホテルに泊まれるよ～」

「そんなもんに興味はない」

五能はいつもの調子でピシャリと言った。

「確かに、飯田君ならミスコン出場者として申し分なさそうですね」

なんだかやる気満々の飯田を見ながら、吾妻部長がニコリと笑う。

そんなやりとりを見ていた俺は、口には出さなかったが「まぁ、その方がいいだろう」と思っていた。

二人ともミスコン出場者として混じっても違和感のない、それぞれルックスとプロポーションだとは思うのだが……五能は動きが男前だからな。

アメリカのニュースなんかを見ていると、男性らしい女性らしいとは、これからは言いにくいらしいが、ミスコンである以上、きっと女性らしい仕草を求められるだろう。

歩き方、笑い方から始まって、身のこなし、しゃべり方、知性が現れるような趣味や特技。

最近のミスコンは単に容姿端麗・プロポーション抜群だけではないはずだ。

そういうことを考えると、ここは「飯田だろうな」と思ったわけだ。

あっさり第七遊撃班代表に決定した飯田が、品鶴さんにニコリと笑いかける。

「では～僭越ながら私が『ミス土合』として潜入捜査をさせて頂きま～す」

飯田はなぜかアイドルのように、右手をチョキにして目元にビシッとあてた。

品鶴さんは真剣な顔で飯田を見つめていて、口をグッと真っ直ぐに結んでいる。

「ちょっと、立ってもらっていいかい？」

「いいですよぉ～」

椅子から飛び出して床にトンと立ち上がった飯田は、もうミス土合になったかのような勢いで、その場でクルリとキレイなターンを決めてみせる。

飯田の顔は男子受けのいいたまご形で、吸い込まれそうな印象的な大きな瞳に、胸はGかHと思われる形のいいロケットバスト。

それなのに腰はキュッと細く締まっていてヒップは丸く、まるで砂時計のようなアニメフィギュアプロポーションなのだ。

女性事務員さんにプロポーション維持の秘訣を聞かれた飯田は、

「特になにもしてないよ～」

と、モデルやアイドルがテレビで言うようなことを言っていた。

そこで品鶴さんは「ふぅぅ」とため息をつきながら、残念そうに首を左右に振る。

「ちょっと、ＹＯＵダメだね」

突然のダメ出しに、飯田が珍しく取り乱して驚く。

「ダッ、ダメって!?　どういうこと!?」

品鶴さんは右手を横にして、飯田を測るように見つめながら左右に動かす。

「身長が足りないね」

全員で『身長？』と飯田を注目する。

視線を集めた飯田は、への字口になって後ろへ引き、後ろにあった壁に背中をつける。

「しょ、しょうがないじゃないですか？　身長なんて……」

「ＹＯＵは身長何センチよ？」

少しモゴモゴしてから、飯田は小さな声で呟く。

「ひゃ……百五十……五……センチです」

品鶴さんは右手の親指と人差し指をチョキのように開いて指差す。

「いや、百五十センチだろ！」

勝ち誇ったようにニヤリと笑うと、飯田の顎が落ちて「あがっ」と開く。

俺も百五十五センチくらいだと思っていたが、正確にはもっと低かったらしい。

さすがたくさんの女の子を見ているから、色んなサイズも見ただけで分かるんだろうな。

　両手を拳にして力を入れた飯田は、ブウッと両頬を膨らませて怒って続ける。

「身長が低いことで、誰にも迷惑はかけていませんよっ！」

　突然身長が低いことをダメ出しされたように感じたらしい飯田は、珍しく機嫌を悪くして身長を正確にあてた品鶴さんをキッと睨んだ。

「ミスホームで、そこまで低い身長の出場者は過去にいないな。それにミス土合は身長が百七十五センチある子だから、さすがにバレてしまうと思ってさ」

「そっ、そんなこと言われても……」

　おもしろくなさそうな飯田は、口を尖らせながらブツブツ呟く。

　そんな飯田を見ていた吾妻部長が、少し困った顔で微笑む。

「あまり身長で目立ってしまって、スタッフや関係者から怪しまれてしまうのは避けたいところですね。潜入捜査ですので正体を知る者は、ごく僅かになるでしょうから」

　口を尖らせたまま、飯田は残った女性鉄道公安隊員の背中を見つめる。

「だったら、潜入捜査をする担当者は決まりねっ」

　二人のうちのどちらかなのだから、これはもう仕方がない。

「まぁ～そういうことになるな」

俺もジロリと横を向くと、吾妻部長も一緒に目で追う。

「いいんじゃありませんか？　私は問題ないように思いますが……」

全員の視線が集まるが、五能はまったく予想していなかったようで、そこで初めて右の細い眉毛だけをピクリと上下させた。

「なっ、なんだ？　どういうことだ？」

タタッと歩いた飯田は、五能の横の椅子に座ってパチパチと拍手を贈る。

「おめでとう～五能さん。今日からミス土合で～～～す‼」

「なにっ⁉」

力を入れて奥歯を噛んだ五能の口元からは、歯ぎしりのようなゴリッという音が響く。

もう機嫌が直った飯田は、いつもの調子で右手を上下にフラフラと振る。

「だから、身長制限で私はムリなのでぇ～。代わりに五能さんがミス土合となって潜入捜査をやるしかないんですよぉ～～～」

やっと状況をハッキリ理解した五能は、ガツンとテーブルに手をついて素早く立ち上がる。

その瞬間、品鶴さんは「ほぉぉぉ」と感嘆の声をあげる。

「YOU、いいじゃない！」

そんな品鶴さんを鋭い目で睨みつけた五能は、俺を見下ろす。

「境！ なんとかしろ」

と言われても、これだけはどうしようもない。

「出来ることなら代わってやりたいが、さすがに女装ではすぐにバレるだろうしなぁ」

「それの方が、まだマシだ！」

怒ったように言う五能に、俺は右手を上下に振って見せる。

「まぁ、今回は諦めて決勝大会に潜入しろ、五能。これは班長命令だ」

怒った五能は両手を再びテーブルに叩きつけ、俺に覆い被さるように迫る。

「きっ、貴様――!? 他人事だと思って！」

いつもクールな五能が、ここまで感情をあらわにするのは珍しかった。

そこで、品定めするように五能の体を上から下まで見ていた品鶴さんは、

「YOU、いいね！ もしかしたら優勝狙えるかもしれないぞ」

「ゆっ、優勝!?」

品鶴さんに振り向いた五能は、珍しく顔を赤らめていた。

「ただ～そのままの態度じゃ～、すぐに『ミスホームの出場者じゃない』ってバレそうだけどな」

横で見ていた吾妻部長も「確かに」と呟く。

「そこについてはこちらでなんとかしてみましょう、決勝大会までに」

「なんとかって……後、九日しかないんだぞ、あっちゃん」

「まだ、九日もありますよ、品鶴さん」

どんな秘策があるのか知らないが、吾妻部長は自信満々で答えた。

俺や飯田が首を捻る横で、五能は頭を抱えながら、

「あぁぁぁ!! なんで私がミスコンなんかに――――!!」

と、思いきり叫んだ。

その絶叫は大阪局全体に響き渡る。

こうして、第七遊撃班は決勝大会に向けて動き出すことになった。

ＢＢ０３　五能の改造手術　閉塞注意

　大阪局での話し合いの結果、ミス土合をやるハメになった私は、次の日のランチタイムに古い町並みが並ぶ京都の祇園に連れて来られた。

　車が入っていけない薄いグレーの石畳の敷かれた幅の広い道の両側には、黒い瓦の載った「町屋」と呼ばれる二階建ての古風な木造建築が並び、各家の脇から遠慮がちな看板が見え隠れしている。

　二階には小さなバルコニーのような張り出しがあって、窓には日を避けるための細い竹や葦で組まれたすだれがかけられていた。

　あちらこちらの軒先には屋号や家紋の入った丸くて赤い提灯が吊られ、フッと見上げた瓦屋根には魔除けや火除けの神様の小さな鍾馗像（しょうきぞう）があるのが目に入る。

　境と飯田は「決勝大会に向けた警備準備がある」とかで別行動となり、京都まで同行したのは吾妻部長だけだった。

「どこへ連れて行く気だ？」

　昨日の理不尽な決定に不満だった私は、不機嫌な顔で聞いた。

「そう緊張しないでください、五能君」

　吾妻部長はいつものような微笑みを返す。

「緊張などしてない」

「そうですか。『九頭竜徳穂』先生のところですよ、今から行くのは」

「誰だ？　それは」

「有名な先生ですよ、日本舞踊家元の」

名銃や名刀の製作者名ならいざ知らず、今までの人生になんの関係もなかった分野の人物名をあげられても、私には首を傾けることしか出来ない。

「日本舞踊？」

「まだ若いのに『もうすぐ人間国宝になる』なんて言われている若手の筆頭です」

私は右手をやる気なく適当にフラフラさせて見せる。

「九日間かけて日本舞踊でも覚えさせて、ミスコンの『特技』に書き込む気か？」

「いえ、そんなことをお願いするのは失礼かと……」

「そうだよな」

大きな通りから人が二人で横にしか並んで歩けないような狭い通りへ、吾妻部長は慣れた雰囲気でスルスルと入っていく。

京都観光に来た時、迷い込むことはあっても自ら通ることはない、少し打ち水がされて濡れている柔らかな日差しの小道を、首を回しながら見る。

「こういうところに、よく来るのか？」

「京都好きの方が結構多くて……國鉄上層部には」

「芸者遊びとかいう奴か？」

吾妻部長はあいそ笑いする。

「まぁ、そういう感じですね」

「そういうところでムダな経費を……」

「『必要な経費』だそうですよ、上層部の方曰く……」

そんなことを言っていたら「不必要の経費」なぞ、どこにも存在しなくなる。

「どこがだ？」

「こうした場は関西の社交界のような一面があるそうです。なんでも、京都じゃないと、お会い出来ない政治家さんや財界人もいるそうで……」

そこで少し明るい通りに出ると、その先には太い竹で作られた低い欄干が両側にある石橋が、キラキラと光るキレイな水の流れる小川にかけられていた。

吾妻部長は慣れた感じで真ん中が少し膨らんでいる石橋を渡り、対岸にあった白文字で「海里」と達筆な筆文字で描かれた、紺のノレンの掛かった料亭に入っていく。

この料亭も京都の古い町屋造りで、石橋の近くには朱色の灯篭があり、一階の窓には中が見えないように細い木の並ぶ格子がつけられていた。

私も右手をノレンの真ん中に乱暴に突っこみパシンと弾くように跳ねつけ、開けっ放しになっていた格子戸を潜り抜けて石造り料亭の玄関に進む。

先に入っていた吾妻部長は、まるで家に帰ってきたかのように気軽に挨拶をする。

「女将（おかみ）、ご無沙汰しております」

玄関には水色に梅の花がほんのり描かれた着物を着ている女将がおり、

「よう、来てくれはりましたなぁ。お履き物を脱いでゆっくりしとぉくれやす」

と、京都弁でしゃべりながら、はにかむような笑みで出迎えてくれる。

脱いだ靴を揃えながら、吾妻部長は店の奥を見つめる。

「先生はもう？」

「ええ、お越しどす」

玄関先にいた吾妻部長の横にドカッと座り込んだ私は、コンバットブーツの紐を解く。

「そのままでええどすえ」

「そうか」

足を抜いた瞬間に女将が言ったので、私はブーツを脱ぎっぱなしにして床に上がる。

「では、こちらへどうぞ」

と、女将が吾妻部長の前に立ち部屋へと案内し始める。

私は赤い絨毯が敷かれた木造の廊下をドスドスと音をたてて歩きながら、静かに歩く吾妻部長に続いた。

大きな鯉の泳ぐ池のある苔に覆われた日本庭園の中庭を右手に見ながら、襖に閉ざされた部屋の前をいくつか通過すると、女将が静かに停まって跪く。

「吾妻様がお着きになられましたぁ」

部屋の中から少し高い声で「は～い」という返事が聞こえてくる。

なんだ？　この感じは……。

少し語尾を伸ばす感じの返事から、少し嫌な予感がした。

女将は膝をついたままで、揃えた両手で襖をスッと音もなく開く。

室内には高級旅館にあるような朱色の大きなテーブルが中央にあり、右奥には茶器と読めない毛筆文字が書かれた古そうな掛け軸のある床の間が見え、奥の障子が開け放たれていたので明るい日差しが、日本庭園を通して中に降り注いでいた。

テーブルの奥には紺の着物をキッチリ着こなす三十代くらいのほっそりした男が、座椅子の背もたれに背をつけることなくしっかりと正座しており、この人が日本舞踊の家元である九頭竜徳穂らしい。

九頭竜は柔らかそうな黒髪をセンターで分け、顔には薄っすらと化粧を施している。

こちらを見ていた九頭竜は、手に持っていた白檀の扇子をパチンと閉じた。

吾妻部長は部屋に入る前に、静かに一礼してから入っていく。

「ご無沙汰しております、九頭竜先生」

「本当よ〜。必要な時はコキ使って、不要になったら連絡もなしなんだから」

九頭竜は真っ白な手を揃えて口元にあて、薄い唇を隠すようにする。

「誤解ですよ、先生。そんなことはありませんから」

「だったら・ちゃんと埋め合わせしてもらわないとねっ」

げっ、お姉か……。

世に色々な人がいる多様性についてはまったく異議はないが、私はこういうタイプがあまり好きではない。

こういったタイプは神経質でなんにでも細かく、女性よりも女性であるからだ。

そんな苦手な気持ちもあって廊下で躊躇していたら、吾妻部長が戻ってきて私の右腕をバシッと摑んでグイグイと中へ引っ張っていく。

私はムズがる子供のような感じで、部屋の中央に引っ張り出される。

九頭竜は部屋に入ってくるところから、私の体を上から下まで見定めるようにジロジロと見つめ、前に立った頃には嫌な物を見るような顔つきになって額をピクリとさせた。

なにか気まずい雰囲気を感じ取った私は、仕方なく無理矢理作り笑いを浮かべる。

その瞬間、九頭竜はため息混じりに呟く。

「この子が五能瞳さんなら、あなたから頼まれた話はキッパリ断るわよ」

右目の瞼だけを少し上げながら吾妻部長を見つめる。

「いや、今日は起きてから、すぐに来てしまったので……時間がなくて」

「本当に～?」

嫌そうな目つきで引き続き品定めする九頭竜を、私は立ったまま睨み下ろす。

その瞬間「あぁ～」と言いながら、首を素早く二、三度左右に振った。

「ムリよ、ムリ。いくら私でも、こんな子をたった九日間でミスコンに出られるようなレディには出来ないわよ」

九頭竜が自分の荷物をそそくさと片付けだしたが、吾妻部長がとりなしだす。

「いやいやいや～そこをなんとかお願いしますよ、九頭竜先生。まぁまぁ、昼食でも一緒にすれば五能がダイヤの原石だってことが、きっと分かりますから」

「石炭は磨いても輝かないわよ」

こっちは石炭で結構だ。石炭なら機関車が走るんだからな。

とりあえず、私に「女としての魅力がない」と、九頭竜に言われ続けているのは分かる。

だが、別に私が希望したことではないのだがなっ。

無理矢理ミスコンへの潜入捜査官になったから、仕方なくこうして京都にまで付き合ったが、そこであれこれ自分を否定されるのは気分が悪い。

口元を真っ直ぐにしたまま棒立ちしていたら、吾妻部長が私の両肩に自分の両手をおいて九頭竜とテーブルを挟む正面の座椅子に強引にストンと座らせた。

正座に慣れていない私は、グチャと胡坐のように足を崩して座布団に座り込む。

そこでタタッとテーブルの反対側に回った吾妻部長が、九頭竜の肩にも手をかけて立ち上がらないようにポンポンと叩く。

「今日の費用は國鉄持ちですから、まぁ、美味しい昼食だけでも」

それで九頭竜は、とりあえず帰ることだけは止めることにする。

「それは賢明なことね。お酒も飲んでいいかしら？ シラフじゃ聞いていられないから……」

「ええ、もちろんです、先生。好きなだけお飲みください」

九頭竜は肩にあった吾妻部長の手に自分の手を重ねながら振り返る。

「そう、じゃあ仕方ないわね。もちろん、吾妻ちゃんも付き合ってくれるのよね？」

ニコリと爽やかに微笑んだ吾妻部長は、スルリと自分の手を引き抜く。

「お付き合いしたいのは山々なのですが……。決勝大会を警備する本社警備班との打ち合わせがありまして、これから名古屋へ行かなくてはいけなくて……」

それについては私も驚く。

「なに⁉　吾妻部長は、この場からいなくなるだと？」

九頭竜は不満気にフンッと鼻を鳴らす。

「本当に私を利用するだけなのね」

吾妻部長はスルスルと部屋の出口へ移動していく。

「そんなことはありませんって、九頭竜先生。決勝大会が無事に終わりましたら、埋め合わせに一献、ちゃんと付き合わせて頂きますから」

九頭竜は「もう」と口を尖らせる。

吾妻部長は入口付近にいた女将を笑顔で見る。

「じゃあ、女将。後をよろしくお願いします。領収書の宛名は國鉄で結構ですから」

「分かりました〜。ほな、玄関までお見送りいたします〜」

女将がスルスルと閉めていく襖の合間から、吾妻部長が笑顔で右手を左右に振る。

「じゃあ、五能君。ちゃんと先生の言うこと聞いてくださいね」

そこで襖はピシャリと閉まって、たまにピッピッという小鳥の声が響く和室には、初対面の私と九頭竜だけになった。

九頭竜は「仕方ない」といった諦めた目で私を見る。

「とりあえず、なにか飲まれる？ 瞳さん」

「あぁ」

そう返事した瞬間、九頭竜の顔がキッと強ばる。

「あなた『あぁ』ってなによ？ 返事は『はい』だけよ」

こういう女に対して細かいところが嫌なのだ。

私は睨みつけるように見ながら言い返す。

「あぁ、はいはい」

「ダメダメ。『はい』は一回だけ。二度とそんな返事しないでちょうだい」

なにか言えば指摘を受けると思った私は、グッと奥歯を噛んで黙った。

それでも小言は止まらない。

「その変な足の組み方。ちゃんとしなさい」

私は無言のままで慣れない正座で座った。

すぐに女将が戻ってきて朱色の区切られた重箱に、色々な料理が入れられた懐石料理を部屋へ次々に運んできた。

どれもこれも薄味で、量がほんの少ししかないから食べた気がしない。

まぁ、酒の肴と考えればいいか。

九頭竜が細いグラスに入った日本酒を頼んだので、私は瓶ビールを頼んだ。最初に女将には「生中」と言ったのだが、ここでは「あいにく瓶ビールしか」ということだったのでそうなったのだ。

女将が私の横に小さなグラスを置き、瓶ビールを注ごうとしたので右手で止める。

「自分でやるから構わなくていい」

「そうどすかぁ～？」

戸惑う女将から瓶ビールを奪い取り、首を持ってコポコポと注いだら泡が縁からあふれ出しそうになったので、口を近づけてチュッと吸い込む。

九頭竜は間髪入れずに「あぁ～」と残念そうな声をあげる。

「そんなレディなんて見たことないでしょ？　瓶を持って手酌して、あふれ出したビールを自分の顔を近づけて吸うなんて……」

「だからなんだ？」

九頭竜にグチグチ指摘されることに腹の立ってきていた私は、フッと息を抜いて「どうにでもなれ」と言ったつもりで、ガッと座布団の上に胡座をかく。

そして、小さな焼き魚を口に放り込み、ビールで勢いよく流し込んだ。

「勘弁してくれる～もう」

まるでこの世の終わりを目の当たりにしたように、九頭竜は右手を額にあてて目を覆う。

「今まで生きてきて、この態度で困ったことはない」

私は小さなグラスに、ドボドボとビールを自分で注いだ。

なにかがプツンと切れたらしい九頭竜は、女将に「お酒をもう一杯」と頼み、冷えた日本酒をおちょこに注いでからグッと飲む。

「あなたの生きてきた世界では……でしょう？」

「私は鉄道公安隊員だ。チャラチャラしたバカ女どもが、男に気にいってもらおうと出場するミスコンになんて、一生出るようなことはない」

そう言ったら怒ってくるかと思ったが、九頭竜は少し悲しそうな顔をした。

「う～ん、あなたもそう思っている人なのね……」

「そう思っている人？」

九頭竜は「そうよ」と頷く。

「きっと、ミスコンなんてものに出る女は、み～んな『男に媚び売るバカ娘』だと思っているわけねぇ～」

真剣な目で見られた私は、そこで初めてミスコンに対する自分の感情に気がついた。

ミスコンについては良いイメージを持っているわけでもないが、だからといって嫌悪感も特にはない。

ただ、私の住む世界には縁のないもので、自分が関わり合いになりたくないだけだ。

さっきは飲んでいた勢いもあって強い言葉を発したが、そこまでの感情は持ち合わせていなかった。

きっと、女の魅力を醸し出すという自分が不得意なことだったから、そうしたミスコンに出場する者達を「男に媚びる女」と勝手に決めて毛嫌いしていたのだろう。

そんな自分の心が分かった私は、今までのように九頭竜に強く言い返せなくなった。

「そこまでは……思ってはいないが……」

うつむくようにした私をじっと見ていた九頭竜の顔は、少しだけホッとした感じになる。

そして、落ち着いた雰囲気で呟いた。

「そう……だったら良かったわ」

着物の袖をおさえながら、鮮やかな手つきで箸で摘まんだ料理を口へ運んで続ける。

「もし、そんなことを心の底から本当に思っている子だったら、さすがに『私も教えられない』と思ってね。心の中だけは変えることが出来ないから……」

本心を見透かされたような気がした私は、グラスビールをワンショットで飲み干す。

「単に興味がないだけだ……」

それは本当の気持ちをごまかすつもりで言ったのだが、九頭竜はそれも理解した上で「そっ」と安心したような優しい顔を見せたような気がした。

次の瞬間、すっと厳しい顔に変わる。

「そうなれば〜粗雑な態度を直せばいいだけねぇ」

「粗雑な態度だと。どういうところだ？」

首を傾げる私を上から下までジロリと見つめてから言った。

「全てがよっ」

「すっ、全てだと⁉」

「あぁ〜これは骨が折れそうねぇ」

左手を自分の右肩におきながら、分かりやすく首を疲れたように回した。

「瞳さん、あなたにはうちの家に、今日から九日間泊まり込んでもらいますからね」

「こっ、九日もだと⁉　しかも、どうしてあんたの家なんだ⁉」

相変わらず汚いものでも見るように、九頭竜は私を見る。

「そんな状態からのスタートなんだから、泊まり込みの24時間体制で手直ししていかないと。とてもじゃないけど決勝大会までに仕上げられないわよ」

「にっ、24時間体制⁉」

歩く度に……いや、息を吸う度に小言が飛んで来そうな予感がする。

「そうよ、生活の基礎からレディにしてあげるから～」

なにか別な楽しみを見つけたらしい九頭竜は、背後に黒いオーラを背負いながらクックッと悪魔のように微笑む。

嫌な予感に額から汗が出てくる。

「そこまで頑張らなくてもいいだろう。要するにミスホームに出場して『出場者じゃない』とバレなければいいだけなんだから」

「そうはいかないわよ～」

「どうしてだ？」

九頭竜は背筋を正して、改めて私の目を真っ直ぐに見る。

「品位だけは優勝出来るレベルに仕上げないと、私の今後の仕事に影響が出るし～それにね」

九頭竜は残っていたコップの酒をワンショットで飲み干してから言い放つ。

「プロとして仕事を受けた以上、一切、手は抜かない主義なの……私は」

口元を白いハンカチでおさえるように拭きながらニヤリと笑った。

その決意に、私は言葉を失う。

「ほらほら、瞳さん。もうおビールはいいの？　今日は國鉄の奢りよ」

なんだか胸がいっぱいになって、私は右手をあげて断る。

「いえ、今日はもう」

「いいの？　決勝大会が終わるまで、それが最後のビールになるのに？」

「さっ、最後のビール⁉」

九頭竜は「そうよ〜」と不気味に微笑んだ。

昼食を終えた私は弟子達と一緒に生活している、京都にある九頭竜の家に同居して、ミスコンに相応しい動きについて徹底的に仕込まれ始めた。

予告通り、酒類はあの日を境に見ることはなくなり、食べ物も炭水化物が食卓から消え、タンパク質を中心とした薄味で少量のメニューに切り替わった。

朝起きてから寝るまで九頭竜や弟子達に、あれやこれやと体の動きについて説教されながら日本舞踊の稽古も毎日受けた。

特に大変だったのは「篠笛（しのぶえ）」と呼ばれる日本舞踊で使用する木管楽器の一つの横笛の稽古。

ミスホーム決勝大会においては「特技披露」の時間があるらしく、毎年決勝大会出場者はなにか新たな一面を見せるために特技を披露するのだそうだ。

そこで九頭竜は、

「じゃあ篠笛でいいんじゃない？　ドレスで和楽器を吹くとギャップで映えるわよ～」

と、言ったので一曲だけ覚えることにしたのだが、これが割合大変なのだった。

私は小さい頃からスポーツのような体を動かすことが好きだったこともあり、楽器との付き合いがあまりない。

それこそ、楽譜もちゃんと読めないくらいだ。

「あなた、小学校でリコーダーを吹かなかったの？」

そう九頭竜に呆れられながら、こんな歳にもなってから篠笛の基本練習を突然毎日一時間以上行うのだから口元が腫れそうになった。

全てのことに最初は乗り気じゃなかったが、私も激しい指導には受けて立つタイプ。

それに鉄道公安隊員として、これはれっきとした任務でもある。

毎日、九頭竜がめげずに小言を言ってくることもあって、私の心の中にやがて「黙らせてやる」という想いが持ち上がり、言われたことについては必死に直す努力を続けた。

その中で特に指導を受けたのは、歩き方だった。

単に町に買い物へ出た時でも、同行する九頭竜は容赦なく私を指導する。

「もう～恐竜？」

九頭竜から見れば、私の歩き方はそう見えるらしい。

「これでちゃんと犯人を確保してきた」

「それが良くなかったのかしらね？」

九頭竜は私の背中をバンバン叩きながら、猫背気味の姿勢を直していく。

「ほらほら、しっかり背筋を伸ばして、歩く時は遠くを見るのよっ」

「見ている。いや、見えている」

私が歩くだけでもヨロヨロしているのは、足元に履いているハイヒールのせいだ。

もちろん、こんな靴を履いたことは、今まで一度もない。

小学生の頃から背の高かった私は常にスニーカーを履いており、高校生の時には既に百七十センチあった私に、更に背を高くする靴を履く機会はなかった。

九頭竜が私に用意したハイヒールは、痴漢に対して踏み返せば足の甲の骨が簡単に砕け散るような、先がドリルのように細いピンヒールの上、高さが十センチもある強烈なもの。

そんなハイヒールは水に浮くカヌーのように不安定で、初心者が力のかけ加減を間違えると右に左に大きく揺れる。

九頭竜からすると、これは嫌がらせではなく、ちゃんと意味があるとのこと。

「真っ直ぐに美しく足を降ろさないと、転んじゃうわよ～」

「やっている！」

怒って集中力を切らせば、すぐにガクリと足がもつれる。

「なにやってんのよ～？　歩くことも出来ないのかしら～」

「どうして、こんな歩きにくい靴を履く⁉」

グキッと痛めた膝をさすりながら訴えると、九頭竜は淀むことなく即答する。

「もちろん！　美しく見えるからよ～」

私は顔をしかめながら聞き返す。

「美しくだと？」

「そうよ～私達は人から見られた時に、どれだけ『美しく見えるか』ってことに命をかけているのよ～」

自分の生き様にはない考え方に、フンッと笑ってしまう。

「美しさは人それぞれだろ」

「そういうことじゃないのよ~瞳ちゃん。生きる価値観は違っていてもいいけど、美しさは太古の昔から未来まで普遍的なものなのよ~」

私が「はぁ?」と聞き返すと、九頭竜はフフッと微笑む。

「まぁいいわ。さぁ、ついてきて」

お手本とばかりに九頭竜は、歩道をトントンと前へ歩いていく。

もちろん、ハイヒールではないが、九頭竜はそういうイメージで歩いて見せた。

「こういう感じで、氷の上を歩くようにスースーっと滑らせるように歩くの」

「滑らせるように?」

そこで私は歩道に足の裏を、カッカッとこすりつけるようにして歩いてみる。

「ダメダメダメ~アイススケートじゃなくて、滑るように歩くのっ」

「だから滑らしているだろう」

九頭竜のように動かそうとすると、足の付け根に負担がかかって変な感じになる。

「それじゃ~ムリなのよぉ。いい? 大袈裟にやると、こういうことよ」

分かりやすくお尻をキュッと上げた九頭竜は、左右に大きく振るように歩いていく。

私にはその動きはあまりにも大袈裟過ぎて、なにか自信過剰な女が男を誘っているような動きに見えて仕方がなく、見ているだけで恥ずかしくなってくる。

「美しく歩くコツは、お尻の鍛え方と使い方よ～」

そのままキュキュッとお尻を振りつつ歩き続ける。

私は少し頬を赤くして聞く。

「本当か？ そこまでやらなくちゃいけないのか？」

五メートルほど向こう側で、九頭竜は振り返って微笑む。

「歩く姿の美しさは審査の基本よ。どれだけの美貌とプロポーションを持っていても、ステージを歩く姿が美しくないと、絶対にミスコンでは生き残れないわ～」

心の奥底には「なんでここまで」という思いが起きるが、首を振って吹き飛ばす。

これも任務の一環で、決勝大会をRJから守らなくてはいけないのだ。

私は気合を入れ直して、九頭竜がやったようにお尻を意識してゆっくり歩き出す。

その瞬間、九頭竜の顔はパッと輝き、とても嬉しそうな顔をする。

「いいわよ～瞳ちゃん。その調子、その調子！ 元々、ヒップに筋肉がしっかりついていたから、上手く歩けるようになれば絶対に美しく見えるはずよ～」

そう言われて嬉しかった私が、

「そっ、そうか」

と、気を抜いた瞬間、ヒールは歩道に斜めに突き刺さりガクリと転倒することになる。

「まだまだねぇ～」

倒れた私に右手を差し伸べながら九頭竜は微笑んでいた。


そんな日々が続いていたある日。

家中が寝静まった夜中に、私がトイレに起きた時だった。

いつも篠笛の稽古を行っている稽古場の方から、三味線や太鼓の音が聞こえてきた。

少し気になった私が板間の稽古場を覗いてみると、上の窓から射し込む月明かりの下で、静かに鳴っている音楽に合わせて九頭竜が一人で舞っていた。

その姿は日本国宝の候補にあがるだけあって美しく、そんなつもりではなかったが、思わず見とれてしまって入口に佇んでいた。

九頭竜はもちろん男性で、カツラを被ることも振袖を着ているわけでもないが、その舞う姿は艶やかな女性の姿であり、一つ一つの手や足の動きが女の自分から見ていても「色っぽい」と、感じてしまう動きだった。

私がそうした動きに魅かれたのは、きっと、自分が好きでやってきた武道にも通じる動きだったからだ。

武道は単に技を鍛えればいいというものではない。

一人で行う空手や剣道の「形」の場合なら、手足の筋肉を中心としてインナーマッスルまでしっかり鍛え上げておかないと、動く度にふらついてしまう。

速い演舞ならごまかしも効くだろうが、一つ一つの動きを止めるような場合は、普段からのトレーニングで鍛え上げてきた筋肉がものを言う。

それをよく知っている私は九頭竜の舞を見て、その向こう側で積み重ねてきた努力を窺い知ることが出来たのだ。

武道も日本舞踊も同じ。

つまり鉄道公安隊も家元も、日々戦っていることには変わりないということか……。

静かに舞う九頭竜を見ながら、私はそんなことを感じていた。

時間が経つのも忘れて見入っていると、やがて稽古場のスピーカーから響いていた音楽が鳴り終わる。

そこで音楽とブレることもなくピタリと動きを止めた九頭竜は、かなり前から気がついていたようで、私の方をフッと見て微笑んだ。

「起こしちゃったかしら？」

「いえ、トイレに――」

その瞬間に訂正される。

「お手洗いね」

「はい、お手洗いに行った帰りに、音楽が聞こえたので……」

私は月明かりの下に立ち、浮いた汗を拭く九頭竜を見つめて続ける。

「こんな深夜まで練習するのか？」

「昼間は弟子やあなたの面倒を見なきゃいけないでしょう」

「すまん」

軽く頭を下げたら、九頭竜はフフッと微笑む。

「それは仕事だから仕方ないわ。だけどねぇ、私だってまだまだ鼻たれ小僧なのよ」

「鼻たれ小僧？　人間国宝間近なのに？」

九頭竜は「冗談はよして」と首を左右に振る。

「私なんかじゃ敵わない境地におられる諸先輩方だって、まだまだ練習しておられるから、私も置いていかれないように、常に努力しておかないとダメなのよ」

そう言った九頭竜は少し無邪気で楽しそうに見えた。

「だから、こうして遅くまで練習を？」

そこで九頭竜ははにかむように笑う。

「私、男だから……」

「男だと日本舞踊は大変なのか？」

その場でブレることなくクルッと回った九頭竜は、上の窓から月を見上げる。

「あなた達女はいいじゃない。だって、生まれた時から女なんですもの」

少し嫉妬するように言った。

「それは……そうだが」

そこで私に向き直った九頭竜は、目に光を宿しながら言い放った。

「男が日本舞踊で女形を演じるにはねぇ、女より女でないとダメなのよ」


その一本筋の通った姿はとても美しかった。

自分にとっては日本舞踊など縁がないので分からないことが多いが、もしかしたら、九頭竜のお姉しゃべりは常に意識して、女性の美しさを体得しようとしている努力の一つなのかもしれないと、私はその時感じた。

「ミスコンに出場する子達も形は違うけど、私達みたいな影の努力を死ぬほどしてきているのよ。だから、そこだけは分かってあげてちょうだい」

月明かりに照らされて微笑む九頭竜を見ながら、私は笑顔で応えた。

「はい、九頭竜先生」

そんな私の返事を聞いた九頭竜は、嬉しそうに微笑んだ。

「いいお返事ね。また、明日もしごくから、もう寝なさい」

私は九頭竜先生に深々と頭を下げてから自分の部屋へ戻った。

私も努力しなくては……。

昨日までと違って、胸の奥には温かいものがこみ上げてきていた。

そんな夜の稽古場には、再び和楽器の音楽が静かに流れ始めた。

ＢＢ０４　決勝大会へ　定通

潜入捜査を担当する五能は吾妻部長と共に、事件の次の日にはいなくなってしまったので、俺と飯田はミスホームでの警備準備のために毎日走り回ることになった。

首都圏の各部署から集められて編成された「ミスホーム特別警備チーム」の受け入れ準備を行うことになったからだ。

決勝大会の一日前、だいたいの受け入れ準備が整った俺に、

「京都の祇園にあるココへ、五能君を迎えに行ってきてください」

との連絡を吾妻部長から受けた。

そこで、俺は飯田と共に名古屋10時25分発の「ひかり241号」に乗り込み、11時13分に到着した京都駅からタクシーに乗って指定された祇園の場所へ向かった。

「言われた住所はここやで」

と、運転手に言われた俺達は、京都らしい豪華料亭のような木造建築家屋の前で下車した。

「なんや、お客はん。九頭竜先生のとこへ用やったんやな」

そう言われても、俺にはよく分からない。

「九頭竜先生？」

「なんや違うんかいな？　ここは日本舞踊の有名な先生の家で稽古場やで」

「へぇ～そうなんですね。ありがとうございました」

俺はお金を払って飯田と共にタクシーから下車した。

通り沿いに並ぶ瓦の載った白い塀を見ながら、飯田は口をポカンと開く。

「ふわぁ～いいなぁ、五能さん。京都のこんなところで一週間も暮らせたなんてぇ～」

九頭竜先生のお宅は祇園の中でも特に大きく、周囲を白壁に囲まれた敷地内には、まるで時代劇の武家のセットのような落ち着いた京都らしい日本家屋が静かに佇んでいた。

塀によって中を見ることは出来ないが道まで伸びるカエデや桜の枝が見えていて、庭もきっと落ち着いた雰囲気であることがうかがえた。

「京都らしい、気持ちよさそうなところだな」

俺が落ち着いた瓦屋根を見上げながら言ったら、飯田はブッと口を尖らせる。

「この身長がもう少しあったら、私がミス土合だったのにっ」

飯田は潜入捜査官になり損なったことを、まだ不満に思っているようだった。

俺は塀の中央にデンと置かれていた、瓦屋根の重厚な格子戸の門へ向かって歩く。

「これだったら、五能は一週間、休暇みたいな生活だったんじゃないか？」

警備準備に追われコンビニ弁当を食べ続けるハメになった俺は、恨めしく呟いた。

「背が高いって、やっぱり人生で得よねぇ～」

分かりやすく頬を丸々と膨らませながら飯田は言った。

大きな門の前まで歩いていくと、そこには車体が真っ黒に塗られた宅配屋が使っているような、ウォークスルーバンが二台並んで駐車されていた。

「ＭＡＲＫ―ＵＰ　ＣＯＮＳＴＲＵＣＴＩＯＮ？」

飯田が車体側面に小さく書かれていた英語を読んだが、意味はよく分からない。

「日本舞踊の先生なのに、割合ワイルドな車に乗ってんだな」

「そういう仕事をしているから、反動で私生活はロックなのかしら～？」

門の前で顔を見合わせた俺と飯田は、同じように首を傾げた。

武家屋敷のような門構えを見回してみたが、どこにもインターフォンのような無骨なものが見当たらないので、俺は格子戸に手をかけてガラガラと横へ開く。

「失礼しま～す」

そう声をかけた瞬間、家の中から、

「アァァァァァァァァ‼」

という五能の叫び声が聞こえてきた。

瞬時に五能の身の危険を察知した俺と飯田は顔を見合わせ、玄関へと続く水がまかれた石畳の道を足を滑らせながら駆け抜けた。

そのまま飛びついた玄関の引き戸に鍵はかかっておらず、ガラリと右へ開いた。

黒い御影石が敷き詰められていた幅三メートルはある玄関に入った俺は、誰も見えない広そうな家の中へ向かって必死に叫んだ。

「五能――――――‼」

反応がなかったことで焦った俺と飯田が、靴を急いで脱ごうと足を捻っていると、左に続いていた廊下の方から、紺の着物をキッチリ着込んだ男の人が静かに歩いてきた。

「もうもう、そんな大きな声を出さないでくれる？」

男の人は、少しあっち系の仕草としゃべり方をした。

「おっ、俺――」

自己紹介をする前に、男の人が当てる。

「東京中央鉄道公安室の境ちゃんねぇ、話は吾妻ちゃんから『色男が迎えに行く』って聞いているわぁ。まぁ～確かにいい男ねぇ」

「そっ、そうですか……」

お姉系の人にそう言われた俺は、どうしていいのか戸惑った。

そこで男の人はチラリと飯田を見る。

「そっちが奈々（なな）ちゃんね。瞳ちゃんから聞いているわ」

「五能さんから？」

「私、瞳ちゃんの教育係を任された、九頭竜徳穂よ。決勝大会が終わるまでお付き合いすることになるから。境ちゃん……よ・ろ・し・くね」

九頭竜先生にヘビがカエルを見るような目で上から下まで見られた瞬間、背中にフッと寒気が走って、俺はブルッと体を震わせた。

「あっ、あの……今、家の中から――」

俺がそう言った瞬間、五能の叫び声が再び家の中にこだました。

「アァァァァァァァァァァァァァァァァァァァァ‼」

屋内に入っていたことで、さっきよりも大きく聞こえてきた。

ビクッと体を震わせた九頭竜先生は、両手を自分の両耳にあてる。

「もぅ～レディとしてまだまだねぇ。あんなことくらいで声をあげるなんて」

九頭竜先生が歩いて来た廊下の方を見つめる。

五能の激しい叫び声の割には、九頭竜先生は落ち着いたものだった。

「いったいなにが？」

飯田が背伸びして廊下の奥を見つめる。

「今、瞳ちゃんは仕上げの最中で、お稽古場にいるのよぉ」

「仕上げでお稽古場～？」

「どうぞ、皆さんも上がっていらして、まだ、しばらくかかりそうだから～」

俺と飯田は首を傾げながら靴を脱ぎ揃えて玄関の端に並べると、ゆっくりと歩き出した九頭竜先生の後ろについていてピカピカに磨かれていた廊下を歩いていく。

左のガラス戸の向こうには、色とりどりの鯉が泳ぐ池のある落ち着いた雰囲気の日本庭園が広がり、庭の奥にある鹿威しが時折「コンッ」と気持ちいい音をたてた。

耳を澄ませていると、チチッという小鳥の鳴き声が聞こえてくるが、それらは「アァァァ!!」という五能の声が響く度にスッと消えた。

白い足袋を履いた足で静々と歩いていた九頭竜先生は、廊下の先にあった障子を開いて魔女のような笑みで笑う。

「瞳ちゃんはこっちよ」

俺と飯田が首だけで突っ込んで中を覗いた瞬間、もう一度五能は叫んだ。

「アァァァァァァァァァァァァァァァァァァァァァ!!」

俺は中に広がっていた光景を見てびっくりする。

「なっ、なにをやっているんですか!?」

「瞳ちゃんの仕上げ……いえ、ここまでしたら改造かしら～?」

口元を揃えた右手で隠した九頭竜先生は、ホホホッと楽しそうに笑う。

五能は中央に置かれた歯医者チェアのような椅子に寝かされており、周囲を白衣の男女が十数人がかりで取り囲んでいる。

そんな椅子を中心にヘア、メイク、ネイルなどの道具をズラリと並べたテーブルがあり、それぞれの助手と思われる人達が忙しそうに部屋の中を走り回っていた。

五能の全身にはシップのような大きな白いものが貼りまくられていて、まるでミイラ女のような感じになっていた。

「まるで悪の組織で改造手術を受けている怪人みたいねぇ〜」

そんな飯田の呟きは、五能にも聞こえたらしい。

「だれが怪人だっ！」

そこでタタッと五能の頭側へ歩いた九頭竜先生は、ペシッと右手で軽く頭をはたく。

「そういう言い方をしちゃダメ。人は話し方が全てよ〜」

「はい……九頭竜先生」

五能は口元をムゴムゴ動かしながら素直に返事する。

そんな雰囲気の五能を見たのは初めてで、俺は「へぇ〜」と感心して見つめた。

「もうそろそろブラジリアンワックスが乾いたかしら」

五能を取り囲むスタッフの一人が、五能の鼻に突き刺さっていた棒を握る。

「まっ、待て！」

そんな願いも虚しく、スタッフは容赦なく引き抜く。

ビリッという絹を引き裂いたような音がして、五能の鼻から棒が一気に引き抜かれる。

それは激しい痛みを伴うものらしく、五能は鼻をおさえたまま「ウウゥ」と声を殺して体を左右に振りながらのたうち回った。

「痛そう〜〜〜」

飯田が嫌そうな顔をしたら、九頭竜先生が戻ってきて説明してくれる。

「あれで一気にお鼻の中のお手入れが出来る優れものなのよ」

そんな五能を見たスタッフが「チャンス」とばかりに集まってきて、一気に体中に貼ってあった白い湿布のようなものを、勢いよく次々に剥ぎ取っていく。

ビリッという音がする度に、五能は「アッ」と声をあげ反対側に身をよじる。

なんだか江戸時代の拷問のような感じもするが、九頭竜先生は楽しそうに微笑んでいた。

「全身脱毛よ〜。いつもお手入れしておけば、そんなに痛くないいんだけどねぇ〜」

そこで飯田は納得した。

「あぁ〜CONSTRUCTIONって『工事』ってことかぁ」

「そうよ〜吾妻ちゃんが『最高のエステスタッフを送ります』って用意してくれたの」

「いいなぁ～全身エステを國鉄の経費で受けられてぇ～」

そういう声はちゃんと聞こえるらしく、五能は左右に体を捻りながら苦しみつつ言い返す。

「そっ、それなら代わってやるぞ、飯田さん……アッ‼」

「そうしたいのは山々だけど～。私、背が小さいからねぇ～」

頭の上に横にした右手をのせた飯田は、左右に動かしながらフフッと笑う。

五能は全身エステを受けていたのだった。

こういったスタッフを吾妻部長が手配してくれたらしく、五能は最高のスタッフからの施術を短時間で集中的に受けていたのだった。

普通なら……数か月かけて、ゆっくり受ける内容だと思われるが……。

全身脱毛からパック、ヘアエステなど、各種の機械とスタッフによって洗濯機のようにもみくちゃにされていた五能は、13時頃にやっと全ての施術を受け終えた。

「それじゃあ、そろそろ会場に乗り込もうかしら」

そう言った九頭竜先生に、俺と飯田は稽古場から追い出され、外の門の所で待っているように言われた。

しかし、外に出てから三十分くらい経っても出て来ない。

「そんなに時間がかかるもんなのか？」

「女子のお出かけの用意は時間がかかるもんだよねぇ～」

　俺はフッと笑う。

「だって、あの五能だぞ。いつもなら起床から五分で出動してくるのにさ。それにあんなにスタッフがいるんだから、メイクだってあっという間だろう」

「普通そうよねぇ～」

　飯田がそう呟いた瞬間、玄関の引き戸が左右にガラリと一気に開き、家の中から訪問着の着物に着替えた九頭竜先生を先頭に、白衣のスタッフらがズラリと後ろから続く。

　それはまるで地球に迫りくる小惑星を破壊に向かう、プロフェッショナルなライトスタッフ達のような雰囲気で、見ている俺にはスローモーションに格好よく映り、ダンダダダン♪と行進曲のような勢いのあるサウンドが脳裏に響いた。

　最初にやってきた九頭竜先生は、俺の横にやってきて振り返り満足そうな顔をする。

「お待たせ～」

「どうですか？　五能は」

「まぁ、見てあげてよ。瞳ちゃんの一週間の努力の成果をっ」

　門の左右に白衣のエステスタッフをＶ字形にズラリと並べて待っていると、玄関の方から今までの五能から聞いたことのない、カツンとハイヒールの足音が聞こえてくる。

俺と飯田は音に魅かれて振り向く。

その瞬間、俺は「あっ⁉」と声をあげて言葉を失った。

「あっ、あれが五能さんなの⁉」

飯田は正に開いた口が塞がらない状態。

ヘアスタイルは大きく変わっていて、ウィッグで長くなった明るい色のワンレングスの長い髪を、五能は前から軽くかき上げる。

その指先には細かいデザインのネイルアートが施されていた。

足元に履いた高さ十センチ以上ある白いハイヒールが石畳に降ろされる度に、カツンカツンと高い音だがバスドラムのように力強く響く。

体にフィットする白い生地で作られた砂時計のようなシルエットの「アワーグラス」と呼ばれるワンピースドレスを着ているから、張り出した胸とキュッと絞られたウエストがしっかり強調されていた。

裾は太ももの上の方にあるから、均整のとれたキレイな長い足が出ている。

もちろん、プロによって施されたメイクは完璧で、大きな瞳が更に大きく見え、鼻筋は外国人のようにスッと顔の真ん中を通っており、唇は赤いグロスで輝いていた。

きっと、今までも五能がちゃんとメイクをすれば、こういう風に見えていたのだろうが、それをまったくやってこなかっただけなのだ。

完全に気圧されていた俺は、やっとツバを飲み込み飯田と同じようなことを呟く。

「ほっ、本当に五能なのか⁉」

ハッキリ言えば……もう第七遊撃班の五能はなに一つ残っておらず、別人がやってきた。

「五能さんって、あんなに胸があったんだ～」

驚いた顔で見ながら呟く飯田に、九頭竜先生が自慢げに教える。

「今までは小さなカップのブラをして押しつけるようになっていたから、姿勢も悪いことと相まって、まったく大きく見えにくかったのよ。瞳ちゃんは素材はいいんだから、普段からちゃんとしていればいいのにねぇ～」

「すごいですね……九頭竜先生」

心からそう言うと、九頭竜先生はフフッと上品に微笑む。

「ありがとっ。そう言われると嬉しいわぁ」

まるでランウェイを歩くファッションモデルのように、体のラインがブレることなく腰を左右に振りながら、遠くを見るような目線でゆっくりと迫って来る五能を見ながら九頭竜先生は続ける。

「でも～私の力だけじゃないことは、ちゃんと分かってあげてね」

「そうじゃないんですか？」

横に立っていた九頭竜先生を見たら、出来上がった作品を見るような惚れ惚れした目で五能を見つめていた。

「瞳ちゃんはダイヤだったから、自分で光り輝いたのよ」

「そう……なんですか？」

静かに頷いた九頭竜先生は、当たり前のことのように呟く。

「自分で努力しない子は、いくら私が磨いたって石炭のままよ」

あまりの変身ぶりに感動した俺と飯田は、知らないうちに手を叩いていた。

「すごいぞ、五能」

「すごいね、五能さん！」

だが、当の五能は緊張しているのか、変化した自分の姿をまだ見ていないのか、目の前にやってきていつものようにぶっきら棒な言葉使いで言う。

「なにをそんなに驚いている？」

「五能の変身っぷりにだよっ」

「これも鉄道公安隊の任務のうちだ」

照れることもなく応えた五能は、俺達の前で足を揃えようとしてガクリと崩れた。

ハイヒールで小さな石を踏んづけたらしく、足をひねってヒュンと瞬時に視界から消えて下へ落ちていく。

俺は「おっと」と手を伸ばして、五能の二の腕を掴んで支えてやる。

その瞬間、手には寒天のような柔らかな感覚が広がり、しゃがんだことで胸元に作られていた胸の谷間が目に飛び込んできた。

そして、フワッと周囲に甘い香水の香りが広がって、俺までも包み込んだ。

まだ第七遊撃班に来て日が浅いが、五能からこんなに色っぽさを感じられるのは初めてのことで、思わず俺の方が赤面してしまう。

「だっ、大丈夫か、五能?」

「あぁ、すまない。まだヒールには慣れていなくてな」

反対側の足に力を入れて、五能はスッと立ち上がって見せる。

そんな五能を九頭竜先生は不満気に見つめる。

「同じ鉄道公安隊の人が相手だからいいけど〜。ちゃんと普段からもキレイな言葉使いをしておかないと、なにかの時にバレるわよ」

五能はしっかり立ち上がり九頭竜先生を見下ろす。

「それはちゃんとする」

「本当かしら～？　本当に付け焼き刃だから心配だわぁ」

首を左右に振る九頭竜先生に、俺は笑いかける。

「では、会場へ向かいましょうか」

「そうね。もうこれ以上は、私にはムリだから……」

「いえ、ここまで五能を仕上げて頂ければ十分ですよ！」

俺は自信を持って応えた。

九頭竜先生の家から再びタクシーで京都駅へ戻った。

MARK―UP　CONSTRUCTIONのスタッフは半分以上が京都に残り、現地でのメンテナンス要員として五名が同行することになった。

京都駅中央口から構内に入った俺達は、八条口へ続く古い跨線橋で0番線からズラリと並ぶ在来線のレールを渡って、新幹線乗り換え口から新幹線乗り場へ入った。

コンコースから二階のホームに続く長いエスカレーターに乗り込む。

単に改札口からホームへ向かっただけなのに、周囲からの注目を強烈に浴びた。

そもそも身長が百七十センチもある五能が、十センチ以上あるハイヒールを履けば、外国人のような身長となる上に、ボディが露となるミニスカートのようなアワーグラスワンピースを着ているのだから目立つ目立つ。

そんなスーパーボディに惹かれて顔を見てみたら超美人なのだから、すれ違う男も女も多くの人が振り返って目で追った。

そんな五能を更にクローズアップさせたのは俺と飯田の存在。

単に横を歩いているだけなのだが、制服の鉄道公安隊員が側にいることで、まるで赤穂さんが勘違いした「ボディガード」をされているように見える。

そのために余計にお客様の注目を集めているようだった。

「誰？　女優⁉　歌手⁉」

「京都で映画撮っているんだったっけ？」

「ねぇ、カメラ持ってない？　カメラ」

そういう会話が五能の通り過ぎた周囲から聞こえてきた。

そういった現象は改札内の新幹線コンコースでも、エスカレーターであがったホーム上でも、乗り込んだ車内でも同じような感じだった。

周囲の注目を浴びながらホームで待っていると、新大阪始発の「ひかり３４２号」が14時

46分に11番線にやってきて停車し、シュゥとデッキにあったドアが開く。

使用車両は國鉄１００系新幹線で、白い車体の真ん中に青いラインが横一線に入っているタイプで、先頭車のヘッドライトが細長いタイプだった。

俺達の乗り込んだ「ひかり３４２号」は、定刻通り京都駅を14時48分に発車する。

國鉄から用意された座席は、指定車である7号車だった。

指定席は真ん中の通路を挟んで、東京に向かって左に三人席、右に二人席が並んでいて、青いモケットがかけられたシートに白いヘッドカバーがついていた。

五名のメイクスタッフは一か所に固まって座り、俺達と九頭竜先生は一つの二人席を回して向かい合わせて四人席を作って座ることにした。

一番目立つ五能は進行方向窓際に座り、その横に俺。

五能の前には飯田が座って、俺の前には九頭竜先生が背筋をビシッと立てたまま、背もたれに背中をつけることなく座っていた。

京都を出たらすぐにトンネルに突入し、そこを抜けたら青々とした田んぼが車窓に流れるようになった。

そんな田んぼの向こうには、大きな工場や一戸建ての並ぶ住宅街があった。

田んぼのあぜ道にはテレビＣＭなどでは見かけない化粧品やお土産ものが描かれた、巨大な広告看板が新幹線の車窓から見えるように、いくつも設置されている。

前方から現れた看板は、あっという間に後ろへ流れていった。

「決勝大会は明日からよね？ それなのに今日から名古屋入りなの」

車窓を見ていた九頭竜先生が、前にいた俺に聞く。

「そうなんですが、今日の夜にミスホームのマスコミ向けの記者会見があって、それには出場予定者は全員出席しなくてはいけない決まりになっているそうです」

「そうなのっ。もう、後一日あれば、もっと色んなことが出来たのに……」

ここまで五能を仕上げたのに、まだ九頭竜先生は不満そうだった。

名古屋に着くと五能は出場者となってしまうので、細やかに連絡をとることが難しくなってしまう。

そこで、今のうちに今日の段取りを、俺は打ち合わせしておくことにした。

上着の内ポケットに手を突っこんだ俺は、十センチ四方の黒いケースを取り出して五能のいる窓際に体を向ける。

油断していた俺の目に、すごい美人が飛び込んできて思わず意識してしまう。

「ごっ、五能……」

五能が長い髪をふわっと回しながら振り向くと、周囲の空気をピンク色にしてしまいそうな外国製の香水の香りが周囲に向かって広がった。

　動揺する俺を、五能は不思議そうに見つめる。

「どうした？」

「いや、なんでもない……」

　俺は雑念を飛ばすように首をブルッと振り、少し目線を反らしつつ五能と話す。

「これを持っておいてくれ」

　俺の手からプラスチックケースを受け取った五能は、手に持って上や下から覗き込むようにしながら品定めする。

「なんだこれは？」

「充電式のワイヤレス無線機だ」

　五能が「無線機？」と呟きながらケースを開くと、中にはC形をした補聴器みたいな肌色の無線機が、充電器と一緒に入っていた。

「そこでこちらからの緊急連絡を受けられるし、五能がしゃべったことも骨伝導を通して俺達に聞こえてくるようになっている」

　五能は無線機を取り出して繁々と見つめる。

「ほぉ、小型化されたものだな。これなら髪の中でつけておけばバレないだろうな」

「そうなんだ。だが、その分、充電は一時間前後しかもたない」

「たった一時間か……」

五能はグッと奥歯を噛んだ。

「だから、普段は使用せず、ステージに上がる時を中心に使ってくれ」

「分かった」

手に持っていたセカンドバッグにプラスチックケースをしまった五能は続ける。

「それで？　今日の夜から使うのか」

俺は飯田を見つつ答える。

「そうだな。マスコミ向け会見がスタートだろうな」

飯田は天井を少し見上げながら呟く。

「集まるのは國鉄が事前にチェックしてあるマスコミ関係者なんだよねぇ？　そんな中にまで紛れ込めるのかな～？　ＲＪのメンバーっていうのは……」

「ＲＪと言っても、24時間テロリストをやっているわけじゃない」

「そりゃそうだけどねぇ～」

「俺は過激派の連中が書いた『胸胸タイム』っていう名前の、テロリストマニュアルみたいなもんを学生時代に読んだことがあるんだけど、その中に『生活は地味に、市民に紛れ込むように』と細かい指示が書いてあったんだ」

　飯田は静かに頷く。

「きっと、そうして都市の中に隠れようとしているのよねぇ」

「そういうことだ。日本では安全に潜伏出来るような他国と接した国境山岳地帯は存在していないからな」

「だから〜テロリストは『別な顔をもっている』ってこと？」

「そうだ。普段はマスコミ関係者として働いているが、こういう機会に牙をむいて襲いかかってくることはあるかもしれない」

「そういうことねぇ〜」

　それを聞いた五能は「同感だな」と頷く。

「警戒しておくに越したことはないだろう。私はステージ上から警戒するから、そっちはマスコミ席側で変な動きをする奴がいないか監視してくれ」

「了解だ」

　俺は胸ポケットから、プラスチックカードを取り出して五能に手渡す。

「それから、これが『ミス土合』の身分証明書だ。会場ではこの名前で通せ」

　受け取って「了解だ」と応えた五能は、書かれていた名前を読む。

「参宮恵梨香（さんぐうえりか）？　ミス土合だった奴は、珍しい名前だったんだな」

「あぁ、なんでも全国に三十人くらいしかいないらしい」

五能は「そうか」と、身分証明書もバッグにしまう。

「いいか？『参宮』と呼ばれた時にボォォとするなよ」

「分かっている」

そこで俺は九頭竜先生にも言っておく。

「そういうことなので、九頭竜先生も決勝大会の会場で五能を呼ぶ時は『参宮』か『恵梨香』と呼んでもらえますか？」

「なんだか変な感じだけど、分かったわ」

「よろしくお願いします」

そんな俺達のやり取りをずっと聞いていた九頭竜先生は、少し体を後ろへ引く。

「まぁ〜怖い怖い。いつもそんな危険なお仕事なさっているのねぇ〜恵梨香ちゃん」

九頭竜先生はおもしろがって、早速新たな名前で五能を呼んだ。

「だから、化粧だのオシャレだのと――」

そこまで言いかけた五能のセリフを九頭竜先生が遮る。

「そんなの関係ないわ。それでもちゃんと美しくいられるはずよっ」

「ったく……九頭竜先生は……」

「そこは『はい』でしょ？　恵梨香ちゃん」

九頭竜先生と目を合わせた五能は、少しはにかみながら「はい」と答えた。

京都駅から乗った「ひかり342号」は15時35分に名古屋駅に到着した。

決勝大会が行われる名古屋國鉄ホールは太閤通口側にある。

新幹線改札口からコンコースへ出た俺達は、太閤通口から出て専門学校が立ち並ぶ通りを抜けて五分ほど歩き、決勝大会が開催される名古屋國鉄ホールに到着した。

名古屋國鉄ホールは名古屋駅から徒歩三分ほどの距離にあり、駅前の角地にある鉄筋コンクリート七階建ての黒い壁面の大きなビルで、六、七階を貫いて作られた大きなイベントホールの他に、貸会議室や貸オフィスなどを展開している。

元々は名古屋駅の資材置き場だったそうだが時代が経つにつれて駅前の一等地となり、高度成長期時代に鼻の効く人がいて、名古屋駅長だった時に「この辺に貸ビルを作っておけば、きっと将来儲かるやろ」と言い出して、ここに建設したらしい。

その予想は的中し、多くの利用者がいて中々予約が取れないとのことだった。

一階の玄関から入り、とりあえず決勝大会が行われる七階へエレベーターで向かう。

メイクスタッフと九頭竜先生は舞台裏の控室へと移動して準備を始めたので、俺と飯田と五能はお客さんが入る方の入口へと回った。

映画館のように重い両開き扉が三枚並んでいる正面ロビーには、決勝大会出場者と思われる女性と関係者が数十人集まっていて、度々キャアキャアという高い声が響いた。

俺は中央にあった両開き扉を開いてホールを覗き込む。

真っ赤なシートの並ぶ観客席には左右に一本ずつ通路があって、それを辿って歩いていけば、正面にある間口部が約十五メートルのステージ前に着く。

ステージの奥行は七メートルほどあって、そこには都会のホームとビルをイメージした銀色に輝く、巨大できらびやかなバックセットが既に完成している。

ステージは白をベースに作られていて、光を受けるとキラキラと反射するようだった。

《テス……テス……テス……あっ、あっ、あっ、あっ……フッ……フッ》

既に建て込みは終わっており、今は音響、照明スタッフによるテストが行われていた。

座席数は前から後ろまで階段状に約十五段並び、総座席数は三百五十席ほどの規模。

この座席は電動で変化させることが出来るらしく、今回はミスホーム決勝大会ということで、舞台から突出して客席の真ん中にまで歩くことの出来る花道が造られていた。

「キレイな舞台ねぇ～」

本当は出場したかったのか、飯田は両手を祈るように組みながら目を輝かせる。

だが、出場する五能は、花道をまったく違う見方で見ていた。

「あそこで爆弾が爆発したら、ホールの全員に被害が及ぶな」

「さすがに花道まで爆弾を持ってはこれないだろう」

俺がフッと笑うと、五能は冷やかに微笑む。

「分からないぞ。爆弾犯にだって大事な一発だ。せっかく作った大事な爆弾なら、最も効果的なポイントに仕掛けたいと思うはずだ」

「まぁ、花道周辺の消毒は、大会の開始前に徹底的にやっておく」

「よろしく頼む、境」

警備班ではこうした会場での事前に行われる爆発物捜索を「消毒」と隠語で呼んでいる。

俺達は通路を歩いて客席を見て回りながら、五能が気にしていた花道の先端まで歩く。

舞台から客席の五列付近まで真っ直ぐに伸びている花道は、終点が円形になっていた。

花道の上面はラメを含むキレイな白いプラスチックカバーで覆われており、まだ使用前ということもあってピカピカに光っていた。

俺はそんな花道を見ながら五能に言う。

「大丈夫か？　五能。これ、すごく滑りそうだぞ」

「私が一週間なにをしていたと思っているんだ？」

　なぜか五能は不満気に答えた。

「えっ？　九頭竜先生の豪華な家で、ゆったり日本舞踊でも習いながら、おばんざいに舌鼓を打つ楽しい京都休暇じゃなかったのか？」

　ここまで変わった五能を見ていれば京都での苦労が窺い知れたが、俺はそう言った。

「そんなわけないだろ。どれだけ大変だったか……」

　いつもと違って不満気に口を尖らせる五能がおかしくて、俺と飯田はクスクスと笑う。

　その時、横からタタッと近づいてきた女の人が、輝くような美しい髪を床につけそうな勢いで上半身を折り曲げて頭を下げ、俺の顔を覗き込むように見つめる。

「やっぱり、あの時の鉄道公安隊員さんですね」

　まつかぜ3号に乗っていた赤穂さんも、西日本代表として本大会にやってきていたのだ。

「あれ？　赤穂……明日香さん……でしたっけ？」

　俺が少し戸惑いながら応えたのは、印象が大きく違って見えたからだ。

「はい、そうです。あの時はありがとうございました」

　体を起こした赤穂さんは、丁寧に頭を下げてから爽やかに微笑んだ。

　そして、俺は「まつかぜ3号」で見た時の赤穂さんは、実力の30パーセントも出していなかったんだと感じた。

今日はピンクに小さな花をあしらったチャイナ柄のノースリーブマイクロミニワンピースを着ていて、ホルターネックになっているので背中は大胆に見えていた。

赤穂さんもしっかり十センチ以上のハイヒールを履いているので、俺よりかなり身長が高い。

前にあった時よりも美しさが数段アップしているみたいで、本大会に合わせて更に磨きをかけてスーパーハイクラスな美人に進化してきていた。

「どうして、こんなところにおられるんですか？　境さん」

大きな瞳を赤穂さんはキョロキョロと動かす。

ここで「実は会場が爆破されるかもしれない」とも言えない。

そこでニコリと笑いながら気楽な感じで答える。

「この大会は國鉄が協賛しているから、会場の警備は毎年鉄道公安隊が担当するんです」

「そうだったのですね」

フンフンと頷きながら飯田から五能を見た赤穂さんは、そこでじっと顔を見つめる。

そして、気がついた赤穂さんは、口にパッと揃えた右手をあてて体を後ろへ引く。

「あっ、あの時の！　女性鉄道公安隊さんなんですね――!?」

その瞬間、周囲にいたスタッフや関係者の人が、チラリとこちらを向いた。

「すっごく変わっていたから、まったく気がつきませんでした」

ヤッ、ヤバイ！

五能が潜入捜査を行う以上、ここで鉄道公安隊員とバレるわけにはいかない。

その瞬間、飯田が反射的に右手を伸ばして、赤穂さんの口を塞ぐ。

塞がれた口でモゴモゴと呟く赤穂さんを左右から挟み込むように拉致して、俺達は客席の端へと移動してから横の扉から廊下に出る。

そのまま舞台近くの通路の奥まで押していって、周囲に人があまりいないことを確認してから飯田が口から手を離した。

「ごめんなさいねぇ～」

アハハと飯田があいそ笑いしたら、赤穂さんは「フ～」と息を吐く。

「どっ、どうされたんですか？」

もしかしたら赤穂さんの口から、潜入捜査の件が漏れるかもしれない。

それに爆弾の件も言えないのだから、適当にごまかしておいた方がいいだろう。

俺は分かりやすく鼻の上に伸ばした人差し指をおいて「しぃ」と呟き、一人だけ鉄道公安隊の制服を着ていない五能をチラリと見る。

「実は五能は國鉄に黙ったまま、ミスホームに偽名で出場しているんだ」

「そっ、そうなのですか？」

　赤穂さんに見られた五能は、少し申し訳なさそうな顔を作って頷く。

　その後に五能の口から出たしゃべり方に、俺は思わず噴き出しそうになる。

「すみません。このことは他の方には、内緒にしておいて頂けませんか？」

　びっくりしたことに、いつもの男前なしゃべり方ではなく、赤穂さんのような女子っぽくて品のある話し方だったのだ。

　いつの間にそんなことまで教えたんだ⁉　九頭竜先生。

　俺は必死に笑いをこらえて真剣な顔をしたが、きっと、飯田もそうだったらしく耐えきれなかった口元がピクピクと動いているのが分かった。

　そんな俺達を見回してから、赤穂さんはしっかり頷いて微笑む。

「はい、もちろんです。きっと國鉄ではミスコン出場が禁止されているんですね」

　笑いをこらえきれなくなった飯田がアハアハと笑う。

「そうなのぉ～國鉄の上の方のおじいちゃんが頭が固くてぇ。ミスコンなんて『要するに誰が男に受けるかを競う大会だろう』なんて言っちゃって～」

「あぁ～そういうこと……言う人おられますよね」

赤穂さんの顔が少しだけ曇った。

「だからねぇ～『ミスコンに出場するような女は』――」

その時、五能が飯田に向かって右手を出して話を止めた。

「國鉄の者は全てではないのですが……申し訳ございません」

五能は謝るように、赤穂さんに会釈した。

「いえいえ、そんな。考え方は人それぞれですからね」

そこで赤穂さんが、どう呼んでいいのか分からなくて困っているようなので、五能が右手を出して優しく微笑みかける。

「大会中の私は参宮恵梨香という名前になります。お互いに頑張りましょう」

ふわっと笑顔に戻った赤穂さんは、右腕を捻るように回して五能の手をやんわりと握る。

「はい。こちらこそ、よろしくお願いいたします。珍しいお名前ですね」

「全国に三十人くらいしかいない珍しい苗字だそうです」

お互いの顔を見合いながら、二人は笑みを交わし合う。

いつの間にか身も心もコンテストの出場者となっていた五能は、同じ仲間の赤穂さんとの間に俺達には分からない、気持ちを通わせているように感じた。

その時、正面ロビーの方から、女性スタッフが叫ぶ。

「ミスホーム出場者の皆さん。マスコミ向け会見についてのミーティングを行いますので、六階にある第一会議室に集合してくださ〜い」

そこで顔を見た赤穂さんが、五能の手を引いて歩き出す。

「では、行きましょうか」

「そうですね」

赤穂さんと歩き出した五能は、一度だけ振り返って鋭い目つきで俺達を見る。

「では、マスコミ向け会見の方、よろしくお願いいたしますね」

まるで五能はアニメのようで、その鋭い目つきの顔からは想像のつかない優しい声を出しながらロビーへ向かって、少し上りになっている廊下を歩いていく。

「おっ、おう！　任せておけ」

俺は手を挙げながら応えた。

しばらくすると、五能と赤穂さんは長身で美人だらけの大会出場者のグループに問題なく混じり、スタッフに先導される形で六階へ移動して行った。

「さて、こっちは会見場の消毒にかかるか」

「そうねぇ〜」

俺と飯田はエレベーターまで歩いて、記者会見が予定されている五階の会場を目指した。

名古屋國鉄ホールでミスホーム開催に際して行われるマスコミ向けの記者会見は、本日の18時からの開催を予定していた。

五能はコンテスト出場者と共に行動するが、その間に俺達は國鉄本社から応援にやってきたミスホーム特別警備チームの人達と共に、会場の消毒を行なわなければならない。

開場前に徹底的に不審な箱、袋などが置かれていないか確認し、やってくるマスコミ関係者の持ち込むバッグの中身を入口でチェックする。

今日は國鉄が呼んだマスコミだけなので、あまり細かくは行わないが明日の観覧客については全員のボディチェックと、金属探知機でのチェックを予定していた。

五階に降りて記者会見会場に顔を出すと、各部署から選出されてきた制服姿の鉄道公安隊員が十名ほど、手分けして消毒を始めていた。

『ご苦労様です！』

なんとなく鉄道公安隊員が現場に入る時は、いつもこの挨拶だ。

すぐに全員から『うすっ』みたいな返事が返ってくる。

会場は大きな会議室といった縦に長い部屋で、一番奥に二十センチだけ高くしてあるステージがあって、その前だけは広く空けられていて、中間から後ろへ向かって長テーブルとパイプ椅子がセットで前向きにズラリと並べられていた。
ステージ上に置かれた小さな演台には、一人の鉄道公安隊員がマイクを握って立ってい
て、俺達を見た瞬間、右手をクイクイと前後に振った。
《境、飯田！》
俺達が駆け寄ると、それは東京中央鉄道公安室の第三警備班にいる貝塚さんだった。
貝塚さんは素手で熊を倒せそうな太い腕を持ち、角刈りのように短く刈り上げた髪で、眼
光が鋭く強面のイケメン。
町で会ったら絶対に「反社会的勢力の人⁉」と間違えてしまいそうだが、肩で風切る姿は
マフィア映画の若手のように格好良く、孤高で紳士的な雰囲気は女子事務員にも受けがいい。
警備班はデモ隊との衝突や鎮圧という荒っぽい事案にも対応しなくてはいけないことも
あって、鉄道公安隊員の中でも選りすぐりの体格自慢の者が集められていた。
その中で貝塚さんは「切り込み隊長」と呼ばれている。
あまり俺達と歳も変わらないのに、警備班ナンバー2とも呼ばれる貝塚さんは、その将来
を國鉄本社から期待されている若手のホープだった。
目の前でガシッと敬礼すると、太い腕をゆっくり動かしてキレイな答礼を見せてくれた。
「俺がミスホーム特別警備チームの警備責任者を担当することになった。まぁ、初めてのこ

とで色々と不手際はあると思うが、よろしく頼む、第七遊撃班」

『こちらこそよろしくお願いします！』

俺達が声を合わせて言うと、貝塚さんはホルスターに入った二つの黒い無線機を差し出す。

「会見中はそれを装備しておけ」

「分かりました」

俺達は本体に巻き付けられていたイヤホンを外し、無線機本体はホルスターに入れたまま腰にあるベルトのような帯革に吊り、イヤホンは右の耳に入れておく。

貝塚さんが自分の無線機の通話ボタンを押す。

《テステス、聞こえるか？》

俺も飯田も手をあげて応えたら、貝塚さんは入口を指差す。

「中の消毒は他の連中でやっているから、お前らは受付の横に立ってマスコミの手荷物検査を担当してくれ」

俺達は『了解』と返事して、受付横に用意された長テーブル脇で配置についた。

マスコミは会見開始予定の約一時間前から少しずつ集まりだす。

雑誌、新聞系の記者は、ボイスレコーダーとメモくらいしか持って来ないので、俺と飯田はカメラマンを中心にチェックすることになる。

テレビカメラには大量の器材が必要になるし、写真を撮るカメラマンも交換レンズを入れた大きなカメラボックスを抱えてやってくるからだ。

開始時間が迫ってくると急速に増えてくるマスコミ関係者の器材チェックを俺達は続けたが、ナイフ一本見つからなかった。

それこそマスコミ関係者は身元がハッキリしている人が多く、爆弾を持ち込むような雰囲気の人はまったく見つからない。

やがて、18時になると記者会見が始まるので、手荷物検査を会場スタッフに引き継いで、俺達も会場の一番後ろの入口を挟むように並び立った。

定刻になると会場が暗くなり、ミスホームのイメージPVが流れだす。

そのPV明けを受けて、女性司会者が実行委員長の品鶴さんを呼び込む。

《それでは、ミスホームの実行委員長であります品鶴幹久をお呼びしたいと思います。品鶴委員長、檀上の方へお越しくださいませ》

記者からのあまりやる気のない適当な拍手に迎えられる中、ラメの入ったキラキラで真っ赤な上下のスーツを着た品鶴さんが、ステージ後方から登場してきた。

そのまま演台の前に立ち、マイクを口元に向ける。

《お忙しい中、メディアの皆さん、僕のためにこんなに集まってくれてありがとう～～～》

記者が苦笑している中、品鶴さんは白い歯を見せながら、伸ばした右の人差し指を居並ぶテレビカメラへ向かってビシッと伸ばす。

《YOU達！ 冗談だぞ》

記者席からはクスッとも笑いは起きないが、品鶴さんはアッハハと爽やかに笑っている。

これが……普通の雰囲気なのか？

クーラーがなくても背筋の寒くなりそうな雰囲気の進行だが、記者達も「いつものこと」と分かっているのか、盛り上がることもなければドン引きすることもない。

《ミスコンでの実行委員長の挨拶と、出場者のスカートの裾は短い方がいいって言うから、俺の挨拶はなるべく簡単に済ませることにするよ。今回のミスホームは――》

記者達の反応なんてお構いなしに、品鶴さんは今回の開催趣旨だとか、今までのミスホームの歴史なんかを慣れた感じで話した。

品鶴さんも鋼鉄のハートだな……。

こういう環境でもマイペースな品鶴さんは、記者達がまったくスピーチ内容をメモする気もなければ、カメラマンがレンズをまったく向けない状況下においても、動ずることなくペラペラとしゃべり続けた。

冒頭からハラスメントまがいのことを言うような人だから、エロネタを交えつつの、聞く方はあいそ笑いするしかない内容のスピーチで、あまり上品じゃなかった。

五分ほどでスピーチを終えると、女性司会者が台本を読み上げる。

《品鶴委員長ありがとうございました。では、続きまして記者の皆様がお待ちかねの今年の出場者の皆さんをお呼びしたいと思います！》

女性司会者が《**では！　どうぞっ‼**》と大声をあげつつ右手をあげる。

その瞬間、会場全体がビシビシ揺れるくらいの大きな音量で、ズンズンと響くディスコサウンド調の重低音サウンドが鳴りだし、ステージ後方からミスホーム決勝大会出場者が一列になって出てくる。

決勝大会出場者は全員実行委員会側が用意した、体のラインがクッキリ出る同じミニスカート丈の真っ白なドレスを着ていた。

各地方大会を突破してきた決勝大会出場者は全部で八名。

その中には五能も赤穂さんもいて、最後に出てきた二人はステージに向かって左寄りに並んで立っている。

やはり全国の予選大会を勝ち抜いてきただけあって、本物の決勝大会出場者である七人は誰が優勝してもおかしくないくらいのレベルの高さだった。

五能が潜入捜査を行うことになってから、俺は色々とミスホームについて調べてみた。

そして、ここまでの高いレベルの女子が集まってきているのは、やはり優勝した際には「一年間國鉄の広報活動に協力する」という特典が魅力的だからだそうだ。

國鉄は全国津々浦々まで通っている路線に、約一万といわれている駅があり、その全ての駅においてポスターが掲出され、國鉄が発行に加わっている関連会社の時刻表、旅行雑誌にも毎月のように登場するようになる。

だから、まるで国営テレビ局の朝ドラに出演したかのように、地方において一気に顔が売れることになるのだ。

更に國鉄は多くの番組のスポンサーであり、こうしたところへも一年間はゲスト出演が出来ることから、一気に全国区の有名人になることが出来る。

実際にミスホームの優勝者から女優やタレントに転向して、大成功している人がいることもあって、日本でも有数のコンテストになっていたのだ。

まぁ～そんな七人と並んでも違和感がないんだから、五能もすごいよな……。

一番左手端で今まで見たこともない笑顔を振りまく五能を見ながら俺は思った。

女性司会者は名前やプロフィールを紹介しつつ、一人一人から今回のミスホームにかける意気込みなどを一言ずつ聞いていった。

七番目に聞かれた赤穂さんが、顔を真っ赤にしながらマイクに答える。

《こんなすごいコンテストの決勝大会に出させて頂けるなんて、それだけでも天にも昇る幸せな気持ちです。今回は故郷の鳥取にある『恋山形駅』を多くの人達に、もっと知っていただきたいので、優勝したいと思います！》

あんなスタイル抜群の美人なのに、心までキレイなんだなぁ～。

勤務中なのでそんなことは出来なかったが、俺は心の中で一生懸命に拍手を送った。

続いて女性司会者は、五能の前に移動する。

《ラストはミス土合の参宮恵梨香さんです。へぇ～珍しいお名前ですね～》

その瞬間、俺は血の気が引きそうになった。

それは五能が名前を呼ばれているのに、まったく反応せずに笑顔を振りまいていたからだ。

俺達は鉄道公安隊員になる前に約二か月の研修を受けたが、その時に潜入捜査の訓練まで受けたわけじゃない。

だから、数時間前に「お前は今から参宮恵梨香だ」と言われても、脳は長い間「五能瞳だ」と思ってきたのだから、簡単には意識を変えられないようだった。

俺は咄嗟に無線機の通話ボタンを押してマイクに向かって囁く。

【……五能、呼ばれているぞっ】

それは無線機を通じて伝わったらしくパッとこっちを見た五能は、そこで初めて側に立つ女性司会者が「どうかしましたか？」といったような、少し困った表情を浮かべているのに気がついた。
五能は冷静な表情を繕いながら満面の笑みを浮かべる。
《はい。私が参宮恵梨香です》
そのトンチンカンな反応に記者からドッと笑いが起きた。
顔を右手で覆った俺は「それはさっき司会者さんが言ったよ」と突っ込みたくなった。
女性司会者さんがアハアハとあいそ笑いしながら改めて聞く。
《珍しいお名前ですね》
五能はまるで中に別人が入ったかのごとく、普通のミスコン出場者のように振舞う。
《ええ、日本に三千人くらいしかいないお名前だそうです》
なに言ってんだ⁉　三千じゃなくて三十だっ！
《そっ、そうですか……。多いような少ないような微妙な人数ですね》
見かけはすごくしっかりした美人が天然ボケをするところが可愛く見えるのか、だんだん笑う記者の数が増えていく。
司会者の女性が両手を拳にして、胸の前に揃えて聞く。
《では、最後に意気込みをお願い出来ますか？》

《ミス土合として優勝し故郷の新潟に、金メダルを持ち帰りたいと思います》

その瞬間、俺は頭を抱えて「……あのバカ」と呟いた。

五能は真面目な顔で言ったが、記者席はアハハと爆笑に包まれた。

「参宮さん！　土合駅があるのは群馬ですよ」

と、前にいた記者に指摘される始末。

アドリブ対応にあまり強くなさそうな女性司会者は、少し困った顔をする。

《それに……ミスホームの優勝者はメダルではなく、毎年話題になる巨大トロフィーなんですけどね……》

《色々と勘違いしていて、大変申し訳ございませんでした》

五能はまったく動揺することもなく、顔を赤らめることもなく堂々と頭を下げた。

その瞬間にガクリとハイヒールを踏み外す姿が更に笑いを誘ってしまって、会場は今までの中で一番盛り上がってしまう。

潜入捜査官が目立ってどうするんだ、五能？

単に一決勝大会出場者として参加すればいいだけなのであって、変に目立っては潜入捜査がやりにくくなるはずなのだが……。

前でしゃがんでいたディレクターが、スケッチブックをめくって次の指示を送る。

それを確認した女性司会者がニコリと笑う。

《こちらで全決勝大会出場者のご紹介は終わりとなりますが、きっと皆さんはもっとお近くで、美しい女神達をご覧になりたいですよね？》

ノリのいい記者の数人が「見た〜い」と返す。

《では！　カメラマンと記者の皆様、どうぞステージ前からの撮影、追加質問をどうぞ》

席に座っていた記者は立ち上がってステージ前にゾロゾロと集まりだし、カメラマンも大きなカメラを抱えながら近づいてくる。

今まで空いていたステージ前は、マスコミ関係者で埋まっていった。

その時、カッとイヤホンから音がして、警備チーム責任者の貝塚さんからの通信が入る。

【各員へ、怪しい動きを察知した場合は無線で連絡のこと】

たぶん、決勝大会出場者とマスコミ関係者との距離が一気に近くなったので、貝塚さんは危険度が増すと考えたようだった。

カメラマンは次々にフラッシュを焚きながら「こっちへ目線くださ〜い」と八名の決勝大会出場者に向かってアピールを始める。

それぞれの女の子も「はい」と応えて、少しポーズをつけてレンズに微笑みかけた。

多数のカメラのフラッシュが同時に会場内で光りまくって、まるでディスコのような様相を呈する。

そんな中で、記者が大きな声をあげて次々に質問する。

「皆さんの趣味を教えてください！」

「彼とのデートはどこへ行きたいですか？」

そういった感じの質問が乱れ飛んだ。

その時、五能が右の髪に手をあてると、イヤホンにカッという雑音が入る。

すぐに囁くように口元を小さく動かしだす。

【五能から各員へ。前方、左から三人目のカメラバッグにダイナマイトのような物】

その瞬間、鉄道公安隊員の間に緊張が走り、全員体をビクリとさせた。

「……ダイナマイト？」

俺は扉の向こうに立つ飯田と顔を見合わせて口をパクパクさせる。

飯田は顔の前に立てた右手を左右に振りながら、

「……そんなものなかったですよ～」

と、俺に向かってアイコンタクトしつつ伝えて来る。

手荷物検査は俺も担当したから、そんなものがあるとは信じられなかった。

それはステージからは見えるのかもしれないが、周囲からは記者とカメラマンが邪魔になってカメラバッグでさえ確認出来なかった。

　貝塚さんは手順に従って行動を開始する。

【左の壁の者はカメラバッグを至急確認せよ。あくまでも穏便に……だ】

　イヤホンから「了解」という声が三つほど聞こえた。

　爆発物が発見されたからと言って、全員でウワッと飛び掛かるわけにもいかない。

　そんなことをしてしまったら『ミスホームのマスコミ向け発表会で爆弾騒動』と、ここへ集まっていた新聞やテレビに一気に載ってしまうかもしれないからだ。

　無線で指令を受けた三名の鉄道公安隊員が壁際から離れて、ステージ近くへと移動を開始していくのに合わせて、俺と飯田も会場を左から回り込むようにして前へ向かった。

　だが、状況はいつも予想外の形で急速に展開する！

　左の方で赤いベストを着ていた少し太めのカメラマンの一人が、すっとしゃがみ込んだ瞬間だった。

　イヤホンからは五能の囁く声が響く。

【五能、突撃します！】

　とっ、突撃だと⁉

　カンとハイヒールを鳴らして膝を少し曲げた五能は、腰に構えた両手を振り子のように前へ振り込み、その勢いでステージから宙を舞うようにダイブした！

そこからはまるでスローモーションのように時間が流れていく。

だが、ダイブが見えた瞬間に俺と飯田は走り出し、五能が落下していく先を目指して走った。

ステージから飛んだ五能より早く現場に駆けつけられる者などいるわけもなく、顔の前で両手を「×」に組んだまま赤ベストのカメラマンに突っ込んだ。

しゃがみ込んでいたカメラマンは不意に正面からの「フライングクロスチョップ」を喰らって吹き飛ばされ、太っていた身体が丸かったこともあって後ろへゴロゴロと転がった。

五能の方は飯田に任せて、俺はそのカメラマンの転がってくる場所へ滑り込む。

そして、両手を広げてガシッと受け止めて、それ以上転がらないようにした。

そこで時間はいつもの流れに戻り、周囲の声が耳に入ってくる。

「大丈夫ですか？」

赤ベストを着たカメラマンは、何度かフロアでうった頭をグルグルと左右に振る。

「あっ、あぁ……なんだったんだ？」

カメラマンは自分がどんな目にあったのか、まったく把握していないようだった。

「**きゃあああああああああああぁ!!**」

横にいた赤穂さんは、やっと状況を把握して悲鳴をあげる。

もちろん、突然のことに会場は『**おぉぉぉぉ!!**』というどよめきに包まれた。

女性司会者は予想外の事態に戸惑って、

「えっ⁉　なに⁉　なにが起こったの〜〜〜⁉」

と、泣きそうになって涙を浮かべている目をクルクルと不安そうに回す。

「YOU　大丈夫⁉」

品鶴さんも焦った顔で、ステージ上から五能の背中を見つめる。

体幹のしっかりしている五能の方は今回も見事に着地しており、赤ベストが触っていたカメラバッグをステージを背にしながらしゃがみ込んで、じっと覗き込んでいた。

そこへ飯田が駆けつけて、上から一緒にバッグの中を見つめる。

「どっ、どうしたの⁉」

その時、微かではあるが、五能から「……しまった」という呟きが聞こえてきた。

もしかして五能……お前……。

俺は五能の呟きから、瞬時に状況を推理した。

たぶん、赤ベストのカメラマンの男が持つカメラバッグにダイナマイトが入っていると思って突っ込んだが、確認してみたらまったく違う物だったに違いない。

グッと唇を噛んだまま体を小刻みに震わせている五能は、しゃがんだまま動けない。

それがダイナマイトなら「ＲＪのテロリストを逮捕」で一件落着だが、間違いだったとしたら、まだ潜入捜査を続けなくてはいけないのに、ステージから飛び出した理由をどうにも説明出来なくて困っているようだった。

ヤバイ……なんとか救ってやらないと……。

だが、こんな展開を予測していなかった俺には、すぐに対応方法を思いつけなかった。

周囲の記者とカメラマンからは、ステージから飛び出した決勝大会出場者が、フロアに落ちてうずくまっているように見えていたようで、心配しているような「大丈夫か？」「どうした？」といったザワザワとした声が高まっていく。

その瞬間、飯田が誰にも見えないように、素早い動きで五能の足をスパンと払った。

まるで柔道の軽量級で見られるように、目にも止まらぬ足払いがしゃがみ込んでいた足首に見事に決まり、五能は長い髪をフワリと揺らしながら崩れるようにフロアに倒れ込んだ。

飯田はしゃがみこみながら両手を前に出し、倒れていく五能の背中と首筋を受け止める。

そして、俺に向かって叫んだ。

「境君！　お医者さんを呼んで。参宮さん、貧血で倒れたみたい！」

心の中では一瞬「はっ、はぁぁ⁉」と戸惑ったが、すぐに飯田が意味深にアイコンタクトを送ってきたので、それで俺は察した。

もちろん、あの程度で五能が気絶するわけはない。

こういうところは流石、機転の利く飯田だ。

きっと、ここは「貧血でステージから落ちた」というシナリオで凌ぐ作戦なのだろう。

五能もその作戦にのってこの局面を脱しようと決めたらしく、ダラリとうなだれて飯田の腕の中で目を閉じていた。

俺はすぐに立ち上がって、近くにいた名古屋國鉄ホールの人に言う。

「すみません。館内にお医者さんいますか⁉」

「まっ、まだ医務室に看護師さんがいると思いますで、すぐに呼んできます！」

「よろしくお願いします！」

ホールの人は一目散に出入口へ向かって駆けだしていった。

その時になって、やっと体の動いた赤穂さんがステージから飛び下りて来る。

そして、五能のところへ駆け寄って、飯田の反対側にしゃがみ込んで体を支えた。

「だっ、大丈夫ですか？　参宮さん！」

そこで飯田は赤穂さんと入れ替わるように、スルスルと後ろへ消えていく。

五能はほんの少しだけ瞼を開いて力なく微笑む。

「心配しないで……赤穂さん……もう大丈夫だから……」

「そっ、そうなんですか？　だったらいいのですが……」

安心したらしい赤穂さんは、ホッとした表情を浮かべる。

「少しムリしたからかもしれません」

赤穂さんは五能の細い手首を摑む。

「コンテスト出場直前に過度なダイエットは危ないですよ、参宮さん」

「そうですね。今後は気をつけます」

そこで五能がフッと笑ったことで、周囲には一気に安堵の雰囲気が広がった。

どう考えても美人が美人を支える絵面は映える。

記者達は「これは記事になるぞ」と思ったらしく、手を取り合っている五能と赤穂さんが一緒に写る場所から、レンズを向けてバシャバシャと撮りだした。

「よかったです。大したことがなさそうで……」

はにかむような表情をする五能を見下ろしながら、本当に心配していた赤穂さんはホッとして目から涙をポロポロと落とす。

ふ～これで潜入捜査は続けられそうだな。

飯田が機転を利かせたおかげで五能の正体はバレることなく、周囲の記者とカメラマンは一様に胸をなで下ろして、再び取材活動を開始した。

その時、看護師が駆けつけてきてくれて、五能の手当てに入ってくれる。

少し現場で様子を見た看護師は「一応、大事をとって」ということで、五能を医務室に連れていくことにしたので、赤穂さんが一緒に付き添っていくことになった。

二人が会場を出ていくのを確認してから、俺は五能に吹き飛ばされたカメラマンのところへ戻って体の具合を確認しておく。

「大丈夫そうですよね」

赤いベストを着たカメラマンも、幸いどこもケガはしなかったようだった。

「じゃ、じゃあ……私はこれで……」

俺はそそくさと去っていくカメラマンの背中を追った。

赤ベストのカメラマンは吹き飛ばされた場所へ戻って、自分のカメラバッグを覗き込む。

飯田はそんなカメラマンの背後に立って、一緒にバッグの中を見ながら指差してボソリと呟く。

「それ？　なんですか」

バッと背中側に立っていた飯田に振り返ったカメラマンが、焦った顔で見上げる。

「なっ、なんでもない！　これはなんでもないんだ！」

どういうことだ？

怪しさを感じ取った俺は、飯田とカメラマンのいる場所へと歩いていく。

「どうかしましたか？」

飯田とは反対側から話しかけたので、カメラマンはバッとこっちに振り返る。

「いや！　本当になんでもないんです！」

必死に説明している間に、飯田はすっとしゃがんで素早い動きでバッグの中に入っていた赤い筒を取り出す。

「あぁ～これと間違ったのねぇ～」

一瞬で顔中から汗をドッと流したカメラマンは、再び急いで飯田の方へ振り向いて筒を取り返そうとする。

「かっ、返してください！」

太い手を伸ばしたが、そこは飯田の方の動きが早い。

寸前のところで、フッとかわして筒を手前に引き寄せ両手で持つ。

「うん？　これってフタなのかな～」

両手に力を入れると、筒はスポンと音をたてて二つに分かれた。

その瞬間、カメラマンの顔がこわばる。

いったい何を持っていたんだ？

「あっ、あぁぁぁぁぁぁぁぁ～」

焦ったカメラマンは情けない声をあげながら飯田に飛び掛かろうとしたので、少し変なものを感じた俺は後ろから腕を掴んで引き留める。

「まぁまぁ、ちょっと危ない物じゃないかチェックさせてください」

「ないです！　ないです！　危ないもんなんてないですから～～～!!」

俺の腕を振りほどこうとしてカメラマンは必死に腕を回すが、俺も鉄道公安隊員である以上、一般人に力で負けるようなことはない。

【境が抑えている男を確保！】

貝塚さんからの無線連絡を受けて、すぐに室内にいた鉄道公安隊員がドッと集まってきて、取材の邪魔にならないように、男の周囲を囲みながらスルスルと部屋の後ろの方へ全員で連れ去っていく。

「まぁまぁ、すぐに済みますから～」

俺は腕を握ったままニコニコと笑いかけたが、カメラマンはジタバタと暴れた。

「そっ、それ！　俺のじゃないんすよっ！」

「自分のじゃない～？　つまり筒のことは知っているってことですよねぇ～？」

「いや、本当に何も知らないんですって！」

そこで飯田が筒の中から、真っ赤な紙を数枚取り出した。

「なんのチラシかしら～?」

一枚を開いてみると『粉砕！　國鉄。早期、分割民営化！』と表題があるチラシのような物で、その下には國鉄を貶める内容がズラリと書かれた宣言文のようだった。

一番下まで読むと、しっかり「ＲＪ」とサインが入っている。

そこでやってきた貝塚さんが、ギリッとカメラマンを睨みつける。

「これはどういうことですか?」

「ぼっ、僕は……その……なっ、なにも知りません……」

貝塚さんは俺と飯田を見てから、首を出入口へ向かって振る。

「ちょっと、あちらでお話を聞かせてもらいましょうか?」

貝塚さんについて歩くカメラマンは「はっ、はい……」と首をうなだれて、左右を応援にやってきた鉄道公安隊員に挟まれながら部屋から連れ出されていく。

小さくなっていくカメラマンの背中を飯田は目で追う。

「あれが……脅迫電話をかけてきた人なのかなぁ～?」

「いや……ちょっと違う気がしたけどね」

「そうよねぇ～」

俺は飯田と共に、違和感を覚えていた。

「RJの一員みたいだけどな」

「だったら、なにか事件に関係があるのかなぁ～？」

その時、会場から出ていくカメラマン達とすれ違うようにして吾妻部長が入って来る。

すれ違いざまに鉄道公安隊員は、全員手は挙げずに敬礼して通り過ぎる。

いつものように爽やかに笑う吾妻部長は、少し首を捻りながら俺と飯田を見つけて歩いてきた。

俺達も手を挙げずに敬礼を行い、吾妻部長も軽く答礼を行う。

「なにかあったんですか？」

俺は外へ出た赤ベストのカメラマンを見る。

「いえ、あの人が『RJ』の宣言文のような紙を持っていたので、貝塚さんの方で少し事情を聞くことになったんです」

「RJのメンバーだったんですか？　あの方は……」

そこで振り返った吾妻部長は、眼鏡のズレを直して廊下を曲がって消えて行くカメラマンの背中を追いながら呟く。

「爆弾犯が……あんな感じの人だったとは」

「それはまだ分かりませんが……」

　俺達へ向かって振り返った吾妻部長は、フッと笑って肩を上下させる。

「では〜ガセだったようですね。私の方に入ってきた情報は」

　俺は飯田と一緒に聞き返す。

『ガセ？』

　自分のショルダーバッグに手を入れた吾妻部長は、ゴソゴソとまさぐってから茶色の小さな封筒を出して、それを俺へ向かって差し出した。

「なんですか？　これ」

　俺は封筒を受け取りながら、中に入っている物を取り出そうと手を入れる。

「匿名の封筒でこれが送られてきたんですよ、國鉄本社に」

「匿名で？」

　俺が中にあった物を取り出すと、それは一枚のモノクロ写真だった。

「ええ、手紙も一緒に入っていたんですよ。その写真の人が『ミスホームをぶっ壊そうとしている』って書かれた……」

『ミスホームをぶっ壊そうとしている？』

「その人が爆弾を受け取って、ここへ持ち込もうとしている……らしいんですけどねぇ」

俺と飯田は首を捻りながら、一緒に写真を覗き込んだ。

その瞬間、同時に驚きの声をあげてしまう。

『赤穂さん⁉』

そこに写っていたのは、どこかの喫茶店で作業服の男から、机の下を通して紙袋を受け取っている赤穂さんらしい人だった。

男の顔は背中越しで写っていないが赤穂さんは、少し擦れているが顔は撮れており、あんな美人がもう一人別にいるとは思えなかった。

だが、あんな感じのいい人が爆弾犯とも考えられなかった。

「写真に写っている相手の男はＲＪの人だそうです。その人はお知り合いですか？」

俺は吾妻部長に向かって頷く。

「ええ、ミスホーム決勝大会出場者の一人で、『ミス恋山形』にとても似ているんですが……」

それを聞いた吾妻部長が、思い出すように呟く。

「ミス恋山形の人って、例の『はまかぜ3号』の事件の時、爆弾が頭上に仕掛けられていた方ですよね？」

「そっ、そうですね……」

俺の心臓はズキンと高鳴る。

それは一つの可能性が生まれるからだ……。

「もしかしたら……網棚に置いたんでしょうか？　あの爆弾を赤穂さんが自分で」

そうなのだ。もし、一連の事件の犯人が赤穂さんなら吾妻部長の言う可能性が出てくる。

もちろん、そうだったら「どうやって赤穂さんの指定席を知ったのか？」とか「いつ爆弾を仕掛けたのか？」とか「どうして頭上の網棚のプラスチックケースが気にならなかったのか？」といった疑問が解決し、色々と辻褄が合ってくる。

吾妻部長がステージを見つめる。

「それで？　その赤穂さんは」

「五能と一緒に、医務室へ行っています」

「五能さんと？」

そう呟く吾妻部長の声を聞きながら、俺は少し嫌な予感に苛まれていた。

赤穂さんは五能が「鉄道公安隊員である」ということを知っている。だとしたら、それを知った上でさっきの行動をとったのだろうか？

考えてみるが確証となる情報はなにも思い浮かばなかった。

「まぁ、こちらは匿名でのタレコミなので、ガセかもしれませんから」

吾妻部長は微笑んだが、俺の胸は見えない霧に閉ざされつつあった。

ＢＢ０５　五能の特技　制限解除

昨日は私の早合点でカメラマンに飛び込んでしまったが、なんとか飯田の咄嗟の行動のおかげもあってマスコミ向けの発表会は無事に終えることが出来た。

決勝大会出場者しか宿泊していないホテルでとった朝食時に見た新聞の朝刊の多くには、私の手を取って泣いている赤穂の写真が大きく掲載されていた。

マスコミはどこを切り取るか、よく分からないな……。

あんな小さなことなんて書かれると思っていなかったが、

「コンテスト出場者は、ライバルであっても敵じゃない！」

といった見出しで、各社は競うように昨日の出来事のことを報道していた。

各紙とも同じようなタイトルで、決勝大会出場前に行った過度なダイエットによって私が貧血で倒れたが、それを心配して駆け寄った赤穂がライバルにもかかわらず涙する姿を、出場者同士の「美しい友情」といった美談にしたいようだった。

「これで良かったのか？」

少し申し訳なかったのは自分達の記事が大きくなり過ぎて、ミスホーム自体の記事は本当に小さくなってしまい、品鶴のことに至っては一行も載っていなかった。

朝食を済ませた私は集合時間の8時にホテルロビーに集まって、他の七人の決勝大会出場者と共にマイクロバスに乗り名古屋國鉄ホールへ向かった。

そのままイベントホールのステージ裏にある出場者控室に全員で入った。

出場者控室は二十畳ほどの広さの横に広い部屋で、周囲をライトで囲まれた女優ミラーが壁に向かって左右に四つずつ並び、それぞれの鏡の近くには衣装と共に、担当メイクやスタイリスト達がズラリと待ち構えていた。

私達が部屋に入った瞬間、決勝大会出場者は各所から名前を呼ばれ、まるでF1サーキットのピットインのように鏡の前の椅子に座らされて一気に作業に取り掛かられる。

私は一番奥のスペースで、横には赤穂が座ることになった。

どこのチームもヘア、メイク、ネイルなどが同時進行で、決勝大会出場者はまるで実寸大フィギュアにでもなったかのように身を委ねることになる。

私のところでも「MARK―UP　CONSTRUCTION」からやってきた担当者が、寝たままの私をもの凄い勢いで仕上げていく。

周囲からはブォォォというドライヤーの爆音が響きまくり「グロス！」「シャドー‼」「ファンデ！」といったメイク用語が、手術室のオペ中のように飛び交った。

真ん中にあった通路を白衣の助手達が勢いよく走り回り、十数分に一度はなにかの箱がひっくり返って、ガシャーンと騒々しい音が部屋に響く。

あまりの騒音に、横にいた赤穂の声さえも聞こえなかったくらいだった。

ミスコンの控室は出撃が直前に迫った航空母艦の格納庫のような状態になっていて、メイクスタッフは全員が目を吊り上げて必死に作業を行っていた。

「おはよう。よく眠れた？」

椅子の背もたれを倒した状態で座る私に、九頭竜先生が上から覗き込むように話しかける。

「えぇ、どこでも寝られる性格なので」

唯一、九頭竜先生の前でだけは、いつものしゃべり方でいいので少しホッとする。

「別に教えたしゃべり方でいいのよ」

ニヤリと笑っている九頭竜先生に、私はフッと笑いかける。

「たまにはこうしておかないと、鉄道公安隊員であることを忘れる」

「決勝大会中は忘れてしまえばいいのに～」

「そうはいかない。私は女である前に、一人の鉄道公安隊員だ」

「もう、しょうがない子ねぇ」

目を合わせた私達は、お互いの顔を見ながら微笑み合った。

「そう言えば……貧血で倒れたんですって？　朝刊で読んだわよ」

チラリと赤穂の方を見てから、私は声を小さくして九頭竜先生に呟く。

「……あれは演技だ。警備行動の一環でな……」

「……そうだったのね。うちのお料理がお口に合わなくて『実はあまり食べていなかったんじゃないかしら？』って心配したわよ」

九頭竜先生が口元に右手をあててフフッと微笑む。

「あんな少量しか出ないのだから、全て食べておかねば体が持たん」

「でも、おかげで腰がシュッと引き締まったでしょ？」

九頭竜先生が右手で露出していた腰をスルンとなでると、あまり馴染みのないゾワッとした感覚が全身を走った。

私が「ひゃっ」と声をあげて体をよじると、周囲で全力でメイクに奮闘している全スタッフが声を揃えて怒鳴る。

『**動かないでっ！**』

「すまん」

私が怒鳴られた姿を見て、九頭竜先生はククッとおもしろがっていた。

その時、頭にインカムをつけて「ミスホーム」の英語ロゴの入ったポロシャツを着たイベントディレクターが、今日の予定を説明するために控室に入ってくる。

「皆さん、おはようございま～す」

一瞬だけ満面の笑みを作った決勝大会出場者とメイクスタッフが声を合わせる。

『おはようございま――す!!』

美しい返事だが「この忙しい時に！」といった感情が含まれていそうだった。

ディレクターは気にせず軽い感じでしゃべっていく。

「今日は決勝大会本番です。午前中は「特技披露」がありますので、皆さん、新たな一面をアピールしてください」

部屋全体からキッチリ揃えた『はい！』という声が響く。

「そしてぇ～一時間ほどの昼休みを挟みまして、午後からはウォーキングを中心にショーを行い、最後にステージ上で審査員からの質問に答えるコーナーがあります。何を聞かれるのかこちらでは分かりませんので、うまいコメントをお願いしますねぇ～」

なんだ？　うまいコメントっていうのは？

心からそう思うが、他の者と一緒に『はい』と答えておく。

「その後、すぐに表彰式になりますのでぇ～、イベント終了予定は15時頃になるんじゃないかと思っておりま～す。では、よろしいですか～？」

全員からの返事を受けて、ディレクターは満足そうに微笑む。

「では！ 今日一日、よろしくお願いいたしま～す」

それには部屋にいた全員で、

『よろしくお願いいたします‼』

と、声を合わせて力強く応えた。

ディレクターが飄々と出ていくと、各チームの仕上げに拍車がかかり午前中のプログラムである「特技披露」の時間である11時が迫ってくると、それぞれが自分で用意したドレスに身を包み、ステージ裏へと一人ずつ向かっていく。

横にいた赤穂の順番の方が早いので、私より早く動き出す。

「参宮さん、お先に失礼いたします」

一番奥のスペースにいた私は、最後に控室を出ていくことになっていた。

「では、ステージでお会いしましょう」

「はい、お互いに頑張りましょう」

「そうですね。そのためにベストを尽くします」

赤穂を見送って控室に残ったのは、私と各チームのメイクスタッフだけになった。

自分のところの出場者を送り出したスタッフらは「ふぅ」と一気に気が抜けている。

そこで、私も充電が終わった無線機のイヤホンをケースから取り出して右耳に入れ、腰の部分から続く長いスリットの入ったチューブトップタイプの真っ赤なドレスを着込む。

どうしてこんなスリットを入れる？

長いスリットのおかげで機動性は高いのだが、そこから足に穿いたパンストを吊る黒いガーターベルトがチラチラと見えるのが恥ずかしい。

頭には長い毛足のウィッグをつけてあるので、髪は背中まで垂れていた。

首元にはスタッフから、金に輝くネックレスをつけてもらう。

「これで見かけは完璧ね」

満足気な顔をした九頭竜先生は、連れてきた女性の弟子に右手を差し出して続ける。

「じゃあ篠笛を出して」

「はい、先生」

フロアに置いたあった取っ手のついた長さ五十センチくらいの長細いプラスチック製の楽器ケースを九頭竜先生に差し出す。

受け取った九頭竜先生は、自信をもった顔でロックを外してフタを開いた。

だが、その瞬間、声を裏返すような悲鳴をあげる。

「えっ――――!?　篠笛が入っていないじゃないの!?」

九頭竜先生が弟子の眼前に向かって「ほらっ」と空の楽器ケースを突きつけた。

弟子は驚く前に言葉を失い、瞬時に顔面が蒼白になる。

「うっ、うそっ……」

「なにやってんのよっ、あなた！」

もしや……篠笛を忘れてきたのか？

なにも出来ない私には、二人のやり取りを見つめるしかない。

九頭竜先生に怒られた弟子は、周囲の荷物を必死にガサガサと触りだす。

「えっ⁉ いや……その……ちゃんと持ってきましたよっ」

「そう言っても、どこにもないじゃない。京都に忘れてきたんじゃないの？」

九頭竜先生は楽器ケースを逆さまにして見せる。

弟子は思い切り否定するように、周囲を探しながら首をブンブン左右に振る。

「稽古場でこの楽器ケースに入れて名古屋に運び、昨日、ちゃんとここに置いておいたんです。ここへ着いた時も一度楽器ケースを開いて確認しました！」

「本当かしら？」

「本当です、先生！」

九頭竜先生は厳しい目つきで弟子を見下ろす。

「でも～肝心な時になくなったのは、あなたの管理の責任――」

そこまで聞いていた私は、九頭竜先生の口の前にスッと右手を差し出して遮る。

「大丈夫です、九頭竜先生」

九頭竜先生は心配そうな顔で私を見上げる。

「瞳ちゃん……そんな『大丈夫です』って……どうするの？　篠笛なんて名古屋駅近くじゃ、簡単に手に入れることなんて出来ないわよ」

普通の楽器ならいざ知らず、こうした日本舞踊に使うような和楽器は町にあるような楽器店では扱っておらず、プライベートで持っている人も都会では少ないのだそうだ。

「なんとかします。ですので、もう彼女を責めないであげてください」

なにも策を思いついてはいなかったが、私は弟子に微笑みかけた。

「もう大丈夫だから」

「本当にすみません。私の不注意で！」

立ち上がった弟子は腰をしっかり二つに折って、たれた髪が床につきそうな勢いで真剣に頭を下げた。

「あなたが悪いんじゃないかもしれないしね」

「私が悪くない？　そっ、そんなことは……」

弟子には私の言ったことが、すぐには理解出来ないようだった。

私が思ったのは、鉄道公安隊員としての直感として「盗難か？」と感じたからだ。

もちろん、どこかへ売って金に換える金銭目的の楽屋泥棒ということもあるし、もしかすると、私に対する邪魔をしている奴がいるのかもしれない。

全員が赤穂のように素直だったら、そんな事態は起きないのかもしれないが、ここで優勝すれば有名人への道が一気に開けるのだから、なりふり構わずライバルを蹴落としにかかる者がいないとは言えない。

特に私は昨日の一件で新聞に大きく取り上げられたこともあって、決勝大会出場者の中には「審査前に目立つなんて汚いわ」と勝手に嫉妬して、こうした嫌がらせを仕掛けてきたかもしれないと考えられた。

篠笛の演奏を諦めた私は、微笑みながら弟子の肩をやさしくポンポンと叩いてスタスタとステージへ向かって歩き出す。

「では、行ってくる」

そんな私の背中に、九頭竜先生が焦った言葉をぶつける。

「どっ、どうするの？　特技の方は」

私は少しだけ首を回してフッと笑った。

「なんとかする」

「あなた……なんとかする……って」

「他にも特技はいくつかある。心配しないでステージを見ていてくれ」

そう言い残して、私は控室から出ていった。

ステージへと続く裏の通路を歩きながら、私は披露する特技について考えた。

「とは言ったものの……私に女性らしい特技などないしな……」

ミスコンに出る者なら、歌とか朗読とかピアノ演奏とかバレエダンスとか、お嬢様が趣味でやっているようなことを一つくらいはやっているはずだが、あいにく正反対のような人生を歩んできた私にはそんな経験などない。

スポーツならだいたいなんでもこなせるが、ステージ上で一人でもやれるスポーツはないし、道具がなければ出来ないものも多い。

その時、カッとイヤホンに連絡が入る。

【境から五能へ　聞こえるか】

【はい、こちら五能】

【連絡事項がある。決勝大会出場者の中に爆弾犯と疑われる者がいる】

決勝大会出場者に爆弾犯がいる……。

【了解。その容疑者は？】

少し間があってから境は言った。

【……赤穂さんだ。詳しくは説明出来ないが、RJとの繋がりを疑われる証拠もあり、今のところ最も爆弾犯として有力視されている。そこで、赤穂さんをマークしてくれ】

赤穂が？ まさか……。

私にはとても信じられなかったが、無線で相談などしてはいられない。

【……了解。赤穂をマークする】

そこで通信は切れた。

赤穂が爆弾犯とはまったく思えなかったが、もし犯人なら特急はまかぜ3号で起こった事件の違和感は一気に解消されることも事実だった。

あれは自作自演の事件だったのか？ だとすれば、実は爆弾も時限式ではなく、赤穂による単なる遠隔操作だったのかもしれない。我々が処理するのを見計らって、スイッチを入れたのだろうか？

ただ、そうした場合、赤穂の狙いがよく分からなくなってくる。

爆弾を使って、いったいなにを吹き飛ばそうとしているんだ？

そんな推理を行っているうちに、私はステージ脇に着く。

既に先頭の方の出場者はステージに出て、自分の特技を色々と披露し始めていた。

歌、ダンス、楽器演奏などミスコンの特技らしい演目が続く。

私の前の出演予定だった赤穂は、袖に立ってステージを見つめていたが、私がやってきたことに気がつき振り返ってグッと奥歯を噛む。

「やっぱり……緊張してしまいますね」

私は赤穂に披露する特技を聞く。

「赤穂さんは、なにをされるのですか？」

「わたくしは何も出来ませんのでドイツ語の歌を歌います。参宮さんは？」

聞き返された私は、少し困った顔をする。

「元々は篠笛の演奏を披露しようとしていたのですが、篠笛をなくしてしまいまして……」

赤穂は「えっ⁉」と大きな声で驚き、

「大丈夫なのですか？　特技披露はどうなされるおつもりですか？」

と、真剣な顔で心配したので、私は微笑んでおいた。

「今……考えているところです」

「そっ、そんな……」

赤穂は自分のことのように思い、大きな瞳を悲しみで潤ませた。

こんな優しい女子が爆弾なぞ仕掛けるだろうか？　いや、そうだとすれば、これは演技ということなのだろう?

私は心の中でそんなことを思いながら赤穂の顔を見つめた。

その時、スタッフから声がかかる。

「次、赤穂さん、スタンバイお願いします」

赤穂は胸の前に拳にした両手を揃えてグッと力を入れた。

「じゃあ、お互いに頑張りましょうね!」

「そっ、そうですね」

赤穂は笑顔で右手を振り、スタッフの待つステージ袖のスタンバイ位置へ走って行く。

すぐにステージから女性司会者の声がする。

《それでは! エントリーナンバー7番。ミス恋山形さんで〜〜〜す‼》

満員の会場からワッと拍手が巻き起こり、パッと笑顔になった赤穂は完璧なウォーキングでステージの真ん中へ歩いて行くのが見えた。

しばらくすると、赤穂が高いソプラノ声でドイツ語の歌を歌い出す。

その時、ディレクターがやってきて、私に話しかける。

「参宮さん、特技披露はなにをやられる予定ですか?」

境からの連絡を受けたことで、私はそれを考えることを完全に忘れていた。

「特技……ですよね」

　私は仕方なく苦笑いするしかない。

「もしかして、まだ決めていないんですか⁉」

「いえ～そんなことはないんですけど～」

　口元に右手をあてた私は、九頭竜先生をマネてオホホホと笑う。

　ヤバイ……今からじゃ道具を探しにも行けない。

　私が素手で出来ること……素手で出来ること……出来ること……出来ること……。

　その時、あの夜に稽古場で見た、九頭竜先生の舞う姿が脳裏に浮かぶ。

　そして「美しく見えるから」という言葉が響いた。

　それがヒントとなって、私は一つの特技を思いつく！

「これなら……」

　ディレクターが焦った顔で聞き返す。

「何にするんです？」

　私のその姿も……きっと美しいはずだ。

　そう思った私は多少場違いなことは分かっていたが、その特技に決めた。

「護身術を披露させて頂きます」


これなら私の体一つあれば、なんの準備もいらない。

それに私も武術に繋がる護身術ならば日本舞踊を舞う九頭竜先生と同じように、女らしく美しく演じることが出来ると思ったのだ。

ディレクターは「えっ⁉」と声をあげ、分かりやすく体を後ろへ引く。

「ごっ、護身術って……あの自分の身を守る⁉」

「他にございますか？」

私はフフッと微笑む。

「そっ、そうですか……。では、なにかいる物はありますか？」

「いえ、大丈夫です」

そう言った私は「あっ」と呟いてから続ける。

「いえ、お相手してくださる男性の方がいて頂けると助かります」

「あぁ～護身術ですから、暴漢役が必要ですね～」

「お客様に手伝っていただいていいですか？」

ディレクターは少し困ったような顔をする。

「いや～それは。万が一ですがケガされちゃうと、後の処理が面倒なので……」

そこまで言ったスタッフは「あっ、そうだ」と声をあげる。

「品鶴さんでどうですか？」

「実行委員長を？」

ディレクターは少しバカにしたような笑い方をする。

「高いギャラ取っている割には、決勝大会出場者にチョッカイ出すくらいしかしていません
から、こういう時に働いてもらいましょう」

私は少しそのセリフが気になった。

「決勝大会出場者にチョッカイ出すんですか？　品鶴実行委員長って」

ディレクターの目がニタニタと笑い出す。

「その感じは？　参宮さんは大丈夫だったんですね」

意味が分からなかった私は、なんとなく返事しておく。

「えっ、ええ……」

口元を隠すようにして、ディレクターはボソボソ囁く。

「……もう毎年のことでスタッフ間では有名ですよ。決勝大会の前に『優勝したかったら……

分かっているよねぇ』とかなんとか言ってね」

そこでようやく理解した私は、ゴクリと唾を飲む。

「つまり……優勝したければ相手をしろと？」

「……そういうことです。もう毎年のことで」

ディレクターはニヒヒといやらしい笑みを浮かべた。

それを聞いた私の心にはボッと燃える炎が灯る。

女を食いものにしているとは……許せん奴だな。

ディレクターは審査員席のあるステージの方をチラリと見る。

「でも……そこまでしたのに結局優勝出来なくて、大会に出場した女の子の中には、品鶴さんを恨んでいる人もいるそうですよ」

ディレクターは「困ったもんです」と両肩を上下させた。

「ミスホーム選考の影で、そんなことが行われていたんですね……」

私は心の怒りを見せないようにしつつ一生懸命に微笑んだ。

「まぁ、そんなミスホームも、めでたく今回で終わりですけどね」

初めて聞く話に私は驚く。

「ミスホームって今年までなんですか？」

「まぁ、スポンサーさんの都合だったり、もうこういう昔の雰囲気のミスコンは『時代遅れ』ってこともあったりで一回品鶴さんを外しちゃって、別な若いイケメン俳優を立てて『もっと話題になるミスコンに作り直そう』ってことになってまして……」

ディレクターは、そこでククックッと笑いながら続ける。

「それを聞いた瞬間、いつもあんな軽い感じの品鶴さんが、机をバンバン勢いよく叩いて『この大会を大きくしてやったのは俺だぞ！』とか叫びながら激高したのがおもしろかったですよ。きっと、もう若い女の子にチョッカイ出せなくなってしまうのが、心から悔しかったんでしょうね。品鶴さん、もう落ち目のタレントだから」

ディレクターはニコリと笑った。

「そっ、そうなんですか……」

「まぁまぁ、そんなわけで今回が無事終われば、万事めでたしめでたしになる予定です」

私には少し消化不良だった。

本当に品鶴がミスホーム出場者に対して、そんなことをしていたのだとしたら、いくら過去の事案とはいえ罪を償わせたかった。

きっと、被害者女性も今更、事を荒立てたくはないだろうし、品鶴も認めるわけはないと思うが、なにか女性側だけが泣き寝入りになったようで悔しく感じたのだ。

「じゃあ、司会から話を振るように、カンペで指示しておきますね」

元々は護身術の相手の話だったことを私はすっかり忘れていた。

「はっ、はい。よろしくお願いいたします」

【ステージ前、聞こえる？】

ディレクターはインカムを使って、ステージ前に座るADに連絡を始める。

その時、ステージからワッと大きな拍手と歓声が聞こえてきた。

袖からステージを見たら、赤穂の歌がお客様に受けて拍手喝采を浴びていた。

《ミス恋山形さんでした〜。ありがとうございました〜》

《ありがとうございました》

しっかりと頭を下げた赤穂が、こっちとは反対の下手の袖へと下がっていく。

そんな赤穂を見ていた私には、頭を過るものがあった。

もし、赤穂が品鶴に食いものにされたのだとしたら？

品鶴の卑怯な行為は、もしかしたら予選大会から行われていたかもしれない。

最初は単に決勝大会に残りたいために相手をしたのかもしれないが、後になってから間違いに気づき「そんな大会なんて爆破してやる」と考える可能性はある。

直接品鶴が手を出していないとしても、赤穂が被害にあった女性となんらかの繋がりがある関係者だという可能性もある。

そこにRJが爆弾を提供してやれば……赤穂が爆弾犯となる可能性はあった。

「まさか……とは思うが」

唇を噛みながらそんなことを囁いた瞬間、司会者が私の名前を呼ぶ。

《それでは最後の決勝大会出場者をお呼びしましょう！　エントリーナンバー8番。ミス土合さんです‼　皆様、大きな拍手でお迎えくださ〜〜い‼》

ディレクターが私に左手でマイクを差し出し、右手をステージへ向かって振り込む。

「では、参宮さんどうぞ！」

今はそんなことを考えている場合ではないか……。

私はスッと息を吸い込んで背筋を伸ばしてマイクをパシンと受け取り、カツンカツンとハイヒールを鳴らしながらステージを歩き出す。

袖からステージへ飛び出した瞬間、満員の会場から割れんばかりの拍手が起こる。

そんな拍手を聞きながら、私は中央まで歩いて立ち止まった。

真正面からは三本の強力なスポットライトが浴びせられており、逆光となって私からは客席が真っ黒に見えた。

ステージ右端の演台の前に立つ女性司会者が、こっちを見ながら微笑む。

《というわけでぇ〜ミス土合さんも、さっきのミス恋山形さんと同じく、既に有名人になっ

ちゃっていますよね》

その瞬間、会場から「ミス土合――‼」「朝飯食ってきたか?」という声援と共に、笑い声に入り混じって指笛や拍手が飛んできた。

やはり新聞に載ったことで、多くの人が私のことを知っているようだった。

私はゆっくりとマイクを持ち上げ照れるフリをする。

《ありがとうございます。本当は優勝して皆さんに知っていただきたかったのですが……》

《おっ、ここで優勝宣言ですね》

《はい。優勝して多くの方に、私の故郷である群馬の土合駅を知っていただきたいと思いますので、今日はベストを尽くしたいと思います》

そう言ったら会場から多くの拍手が巻き起こった。

《そうですね。是非、優勝目指して頑張ってくださいね。それでは、ミス土合さんの特技披露ですが～なにを見せて頂けますか～?》

司会者は私を覗き込むように聞く。

しっかり前を見たまま、私は淀むことなく言った。

《私の特技は護身術です!》

その瞬間、会場からはフフッという笑い声と共に「へぇ～」という驚く声が聞こえてきた。

台本では「篠笛の演奏」と書いてあったので、司会者は少し動揺する。
《ミッ、ミス土合さん……あの～護身術でいいんですか？　あの自分の身を守る？》
《他にございますか？》
《そっ、そうですよね》
司会者は台本を二度見してから、ステージ前にいたＡＤのカンペをチラリと見て続ける。
《わっ、分かりました！　では、ミス土合さんによる護身術を見せて頂きましょう。でも、護身術ならお相手が必要になりますよね？》
《そうですね。是非、どなたかに私に襲いかかる暴漢役をお願いしたいと思います》
司会者が《それは……》と呟くと、一本のスポットライトが審査員席へ向けられる。
品鶴がスポットライトの中に浮かぶ。
《品鶴実行委員長、お願いしてもよろしいでしょうか？》
予想外のサプライズに、会場からは笑いの混じった拍手がパチパチと巻き起こり、品鶴は少し照れながら立ち上がる。
「えぇ～俺なんかでいいの？」
それは会場からもっと多くの拍手を呼び込んだ。
《では～品鶴実行委員長、ステージ上へお願いします》

司会者の声と共に軽いジャズが鳴り始め、審査員席の後ろを通り抜けた品鶴は、お客様からの声援に右手をあげながら答えつつ通路を優雅に歩いてくる。

そのままステージ前に達して、つけられていた階段を軽快にトントンと昇ってきた。着ていた黒いスーツは、今日もマスコミ向け発表会で見たようなラメ入りで、スポットライトを浴びてキラキラと光った。

ステージ上に上がった品鶴は、お客様の声援に答えつつ私のところへやってきた。

品鶴はマイクを持っていないので、私が口元へ向けてやる。

《ＹＯＵ、お手柔らかに頼むよ。俳優は顔が命だからねっ》

昔出演していたテレビＣＭのパロディーだと思うが、既に知っている人が少ないらしく会場からはクスクスといった失笑が漏れただけだった。

司会者が場を取り繕いつつ進行する。

《さっ、さぁ～。それでは早速護身術を見せて頂けますか？　ミス土合さん》

《はい、わかりました。では、最初は正面から手を掴まれた時の対処法です。男性に手首を摑まれたら女性の力では簡単には振りほどけませんが、次のようにすると大丈夫です》

私はマイクを床に置いて、お客様には体を横へ向けて品鶴と向かい合う。

「それでは、私の手首を摑んでください」

私が拳にした左手を前に差し出すと、品鶴はニヤリと笑って呟く。

「いや～若い女の子の手を、こんなステージの上で触れるなんて幸せだなぁ」

マイクは下に置いているために、こうした会話は誰にも聞こえない。

その全身を舐めまわすような目つきに、私の全身にゾワッしたものが走った。

私は一瞬ビクッと左手を引きかけたが、品鶴は逃がさないように素早く手首を掴んだ。

「やっぱり決勝大会出場者となると……吸いつくような肌をしているね……」

嫌な感じがした私は、一旦掴まれた手を振りほどこうとして左手を上下させるが、まったく外せない。

司会者はそれが演技の一環と思って解説をつける。

《へぇ～やっぱり男性に捕まれたら、簡単には振りほどけませんねぇ～》

品鶴はただ掴むだけでなく、全ての指をモゾモゾと動かして私の手首の感触を楽しんでいるような動きをする。それには虫唾が走る思いだった。

「キュッと締まっているね、手首。こういう女の子ってさぁ……」

お客様から見れば品鶴は単なる笑顔かもしれないが、性的な嫌がらせを受けながら聞いている私には不気味な笑みにしか見えなかった。

私がグッと力を入れると、品鶴は逃がすまいと自分の方へ引き寄せる。

「そういう抵抗する強い子が、俺は好きなんだよっ」

そして、グイッと間近まで顔を引き寄せて耳元で囁く。

「……どう？　芸能界に入れるようにしてあげるからさ……俺と――」

その瞬間、私のリミッターがプチンと切れた。

きっと、ディレクターから聞いた話も本当のことなのだろう。

女を食いものにしておいてウヤムヤにしてきたであろうことに再びムカつき、私はすっと顔を離してニヤリと笑う。

「抵抗する子が好きなんだよな？」

もう完全に九頭竜先生に教えてもらった作法は忘れ、私は鉄道公安隊員に戻っていた。

「あっ、あぁ……そうだよ～」

品鶴が私に気圧されたのが分かる。

次の瞬間、私は品鶴に手首を摑まれていた左の手のひらをパッと開いて床へ向け、空いていた右手を握手するようにしてパシンと組む。

その態勢から自分の左腕の肘を相手肘にぶつけるように動かし、組んだ自分の両腕を胸元へ引きつけると、品鶴の右手は自然に裏返って上に向いてしまい力が入らなくなる。

人の手はその骨格の構造上、手首が裏返ると力は入らなくなるのだ。

本来の護身術は相手に掴まれていた手首が外れたら一目散に「逃げろ」と指導されるのだが、ムカついていた私は少し懲らしめてやることにした。

「キレイなバラにはトゲがある。小さな頃に習わなかったか？」

「なっ、なんだって？」

品鶴が手を離した瞬間、私は握ったままにしておいた両腕を大きく振り込みながら前へ飛び込み、少ししゃがんで至近距離から腹の真ん中に肘打ちを素早く叩き込む。

お客様からはまったく聞こえないようなドスッと鈍い音がした。

品鶴は「アウアウ」と口を微かに動かすだけで、声が出なくなってしまう。

これでも力は半分くらいにしておいてやった。

品鶴は両足をくの字に曲げてガクガクと震わせる。

鉄道公安隊員の制服でやれば「痛そう」と思われて引かれたかもしれないが、こちらがドレス姿にハイヒールだったことで、肘打ちが見た目以上にキレイに映った。

『**おぉぉぉぉぉぉぉぉぉぉぉぉぉぉ!!**』

私のあまりにも鮮やかな暴漢撃退に会場は大いに盛り上がり、指笛がピーピー鳴る。

たぶん、これは偉そうな感じで接する品鶴が、あまりお客様に好かれていなかったこともあるのだろう。

だから、無様に倒してくれて、お客様は気分がよかったのに違いない。

そこで境から無線が入る。

【特技が護身術のミスコン出場者なんているわけないだろ】

「……私の特技はこれだ。ちゃんと美しかったろ?」

【まぁ鮮やかだったが、意味があるのか?】

「女の動きは美しくないとな」


境には意味が分からなく、きっと首を捻っているだろう。

盛り上がりを受けて司会者がコメントする。

《おぉ~これは鮮やかですね~。さすが特技としていたミス土合さん!》

「ゆっ……YOU……」

前かがみで口元を震わせながら睨む品鶴を、私は見下げるように見つめる。

「そうやって大会出場者を食いものにしてきたのか?」

「なん……だと」

今までの軽い感じが失われ、品鶴のドロッした雰囲気が浮かび上がってくる。

「権力で誰もが言うことを聞くと思うな」

　これくらいにしておいてやろう。

　一撃を加えた上にハッキリ言えた私は、それで溜飲が下がった。

　そこでお客様にアピールするように、観客席を向いて丁寧に頭を下げた。

「いいぞ――‼　ミス土合――‼」

「格好いいぞ――‼」

　護身術なんて特技を披露したら静かになるかと思ったが、こんなに受けたことに驚いた。

　その時、会場がザワつき、背中から品鶴の叫ぶ声がする。

「これならどうだ――‼」

　後ろから伸ばされた両腕によって、背中から抱きつかれる格好になる。

　品鶴は私の胸前まで伸ばして手を組み、私の動きを止めた。

　会場からは『うおぉ‼』という盛り上がる声が聞こえる。

　どうも、お客様は「まだ護身術の披露が続いている」と思っているようだった。

【おいおい……後ろから襲われるパターンもやるのか？】

　イヤホンから境の呑気な声が聞こえる。

「……そんなわけないだろ」

腹に一撃を入れられた恨みからか、品鶴が男の力任せに後ろから抱きついてくる。

司会者は続きなのか、アクシデントなのか分からず、戸惑いつつアナウンスを続ける。

《だっ、大丈夫なのでしょうか？　ミス土合さん……》

ここで変な空気を作らないために、私は満面の笑みを浮かべながら叫ぶ。

「後ろから襲われた場合は――――!!　こうです！」

私は左足を上げると、品鶴の左足のつま先をピンヒールでギリリと踏みつける。

上から叩き落とすと指の骨を砕きかねないので、これもゆっくり50％くらいの力加減にしておいてやったが、それでも品鶴は「イタタタ！」と腕の力が少し抜けた。

その隙をついて足を振り、ヒールで左足のスネを蹴る。

「カハッ！」

さすがにスネへの強打には耐えきれなくて、品鶴はズルリと下へ落ちる。

私の後ろで無様にしゃがむことになった品鶴に、会場はさっきよりも盛り上がる。

『**おおおおおおおおおおおおおおおおおおおおお!!**』

会場にいたお客様全員が一斉に拍手を送ってくれて、大盛り上がりを見せた。

これで終わりというところだな……。

私は再び拍手を送り続けてくれていた観客席を向いて丁寧に頭を下げた。

それを受けて司会者も笑いながら送り出そうとする。
《はい。では～ミス土合さんでした～》
だが、予想外の展開が起きた。
【五能！　後ろだ】
イヤホンから境の声が響いたが、私の対応は間に合わなかった。
突然、再び後ろから手が伸ばされ、私の首をロックするように襲ってきたのだ。
会場は再び**『うおぉぉぉぉぉぉ‼』**という最高潮の盛り上がりを見せる。
「あいつゾンビだぜ────‼」
「またやっちまえ────‼」
などと声が飛び、もうなんのイベントだか分からなくなってくる。
品鶴は必死の形相で背後に迫り、殺すような勢いで締め上げ始めた。
耳元に近づけた口で、品鶴はドスの効いた声で囁く。
「……俺はバカにされるのは嫌いなんだよ……女なんてバカな生きもんによぉ～」
私からの攻撃をなん度も受けたことで、品鶴は完全にキレていた。
私は首へ入り込んだ腕を外そうとする。
だが、品鶴がなりふり構わずに力を入れてくるので、前に腕を引いても外れない。

こちらからのダメージが少なかったために、品鶴はしつこく襲いかかってきた。

こいつには……もう手加減はいらないな。

「……常に……女をバカにして……」

「……バカなんだから……しょうがねぇだろ……」

周囲には聞こえないような低い声で、私と品鶴は言い合う。

「……心は変えられないとは……よく言ったものだ」

「……女のくせに偉そうに」

さすがに司会者はこの異常事態に気がついてアワアワと顔が焦っているが、この状況をどうやって納めればいいのか困っているようだった。

そこで、必死にステージ前のＡＤに口パクや身振り手振りを送る。

あまり時間はかけてはいられないな……。

そう思った私は少しだけ膝を曲げて背中を丸め、首に腕を回していた品鶴を背中にのせるようにする。

「……そうやって」

「……なっ、なんだよっ」

次の瞬間、膝を一気に伸ばしながら、頭を前から後ろへ思いきり振り込んだ。

「女をバカにするな――――――‼」

ハンマーのように振られた私の後頭部は、頭突きとなって品鶴の顔面を直撃する。

「ぐあぁぁぁ‼」

あまりの痛みに首から離した品鶴の腕をクルリと回り込みながら取り、そのまま下手の袖へ自分の体を向けて、背負い投げの要領で一気に投げ飛ばす。

「いやぁぁぁぁぁぁぁ‼」

重い体もテコの原理が働けば軽い力で浮き上がり、驚くほど宙を舞う。

本来なら床に打ちつけるまで腕は離さないが、今回は一番横へ遠心力がかかったところで私は両手を品鶴から離した。

ステージ上でまるで人形のように一回転した品鶴は、しばらく宙を飛んだ後、バンとステージフロアに着地して、磨かれた表面をスゥゥゥゥと滑って下手の袖へ消えた。

会場がシーンと静まり返った時、カッと無線が鳴る。

【五能……さすがにやり過ぎだ】

「……だな」

ほんの少しだけ申し訳なく思った私は、ステージに置いたマイクを拾い、

《ごめん遊ばせ》

と言ってから微笑んだ。

その瞬間、今日最高の盛り上がりに、会場が拍手と歓声で揺れた。

『**おぉぉぉぉぉぉぉぉぉぉぉぉぉぉぉぉぉぉぉぉぉぉぉ‼**』

何度も何度も指笛が響き、たくさんのお客様が「**いいぞ――‼**」と声援を送ってくれた。

ホッとした顔をしている司会者が、右手を大きく掲げる。

《**ミス土合さんでした～～～‼　ありがとうございました～～～‼**》

そんな声に見送られながら、私はステージ下手の袖に戻った。

もちろん、そこには看護師に様子を見てもらっている品鶴が椅子に座っているが、私を睨むように見つめても何も言わずに「フンッ」と鼻を鳴らした。

私もこれ以上、品鶴に言うことはなく、堂々と側を通り抜けて控室へ向かった。


これで午前中の特技披露が終わって、イベント会場はお昼休みに入る。

ステージ裏の通路を歩いていたらディレクターとすれ違う。

「とても良かったよ～～～‼」

アハハと大笑いしながら通り過ぎていく。

そのまま控室へ戻ったら再び戦場のようになっており、各チームでは出場者がピットインしてきたレーサーのようにバタバタと慌ただしくメイク直しをされながら昼食をとっていた。

そこで、私も自分の場所に戻っていく。

その途中、一つ手前の場所にいた赤穂が、バッと両手を広げて私に抱きついた。

頬をつけるように顔を近づけた赤穂は、小さな声で呟く。

「ありがとうございました……参宮さん」

「赤穂さんにお礼を言われるようなことは、何もしていませんよ」

黙ったまま、赤穂は首を左右に振る。

「ううん……すごく気持ち良かったんです、わたくし」

もしかしたら赤穂も品鶴に言い寄られていたのかもしれない。

だったら、一つくらいは良いことになるから、私としては嬉しかった。

両肩を持って優しく体を離した私は、また泣いている赤穂に微笑みかけた。

「そうですか。だったらよかった」

「はい。よかったです」

赤穂から離れて、私も自分のメイク場所へと戻る。

そこには護身術でぐちゃぐちゃになった、ヘアとメイクを「元通りにしなくてはいけない」と待ち構えている殺気だったスタッフと、仁王立ちの九頭竜先生がいた。

もちろん、九頭竜先生は呆れた……いや、頭を抱えていた。

「なんなのあれは？」

口を真っ直ぐにして怒っている九頭竜先生には、何にも言い訳は出来ない。

私は立ったまま、しっかりと頭を下げた。

「大変申し訳ございませんでした」

「あなたが『なんとかする』って言うから任せたけど。なんとかなってないわよ～」

「その通りです。すみませんでした……」

私は頭を上げずに話を聞いた。

「あれじゃ～今日まで私が一生懸命に教えてきた意味がないじゃない？」

その気持ちはよく分かった。

心の中は「申し訳ない」という思いで満たされ、私はどう九頭竜先生に謝ればいいのか、頭の中でグルグルと考えを巡らせた。

だが、九頭竜先生から突然フフフッと笑う声が聞こえてきた。

ゆっくりと顔を見上げてみると、九頭竜先生が微笑んでいる。

「まぁ、美しかったわよ。瞳ちゃんの背負い投げは……」

九頭竜先生には珍しく、右の親指だけを上げてニヤリと笑う。

だから、私も同じようにして笑いながら応えた。

ＢＢ０６　姿の見えぬ犯人　制限解除

五能の特技披露の護身術を客席の後ろから見ていた俺は、昼休みに入ったので飯田と一緒に鉄道公安隊の控室へ戻った。

『ご苦労様です‼』

部屋の扉を開いて中へ入った俺は、口を半開きにしながら驚いた。

「どういうことです？」

なんと、貝塚さんを始めとして、他の鉄道公安隊員が総出で片付け始めていた。

本社から持ってきた器材をアルミトランクに詰め、書類などは一まとめにし、ホワイトボードに貼られていた写真などもしまっていく。

俺達を見つけた貝塚さんは、ゆっくりと歩いて来た。

「昨日、捕まえたカメラマンがいただろう？」

「あぁ～あの赤いベストを着ていた人ですか？」

飯田に向かって貝塚さんが頷く。

「あの男が『脅迫電話をかけたのは自分だ』という感じの自供を始めたらしい……」

それには俺も飯田も驚く。

『あの男が自供を⁉』

「だから、國鉄本社の鉄道公安隊上層部が『事件解決』と判断し、ここでの警備業務は『必要なし』と決定。全員に撤収命令が出た」

貝塚さんは運ばれていく段ボールを見ながら言った。

「あの男が爆弾犯だった……ってことですか？」

「という風に……上層部は判断した。まぁ、実際にはこれからあいつの住居なんかを警察と連携して家宅捜索し、爆発物を押収してから罪を問うことになるだろうがな」

貝塚さんはそう言ったが、俺にはどうもピンとこなかった。

ハッキリとしたものがあるわけではないが、どうもあの男からはそんな大それた犯罪を行えるような雰囲気がしなかったのだ。

それは自分が鉄道公安隊員としてやってきて培った勘のようなものだったが……。

俺がそんなことを考えていると、飯田が一歩前に出る。

「貝塚さん。あの人、きっと爆弾犯じゃありませんよ～」

「だが、ＲＪが作ったと見られるチラシを所持していた」

「もしかしたら～ＲＪとは関係があるかもしれませんけど～。実際のところ……ＲＪは爆弾を作って國鉄のイベントを妨害するでしょうかねぇ？」

貝塚さんはフムッと腕を組む。

「確かに、現在のＲＪはデモを行うが、テロは行っていない。だが、いつ武力闘争に舵を切るかもしれんし、鉄道公安隊大阪局にＲＪを名乗る者からの、列車爆破脅迫電話は実際にあったんだろう？」

「それは確かにそうなんですけどねぇ～」

飯田は天井を見上げてから続ける。

「なにか見落としているような気がするんです」

フッとため息をついた貝塚さんは困った顔をする。

「飯田、今さら言うことでもないが、確たる証拠もなしに鉄道公安隊は動かんぞ」

そこで俺が入れ替わって一歩前に出る。

「要するに……あの赤いベストの男は『爆弾犯かもしれない』ってだけですよね⁉」

「まぁ、そういうことだ。今はあくまで『容疑者』だからな」

俺は両手を大きく動かしながら話して説得しようとした。

「だったら会場警備は継続すべきじゃないんですか？　もし、あの男ではなく真犯人がいたら、爆弾がここで爆発する可能性が、まだ残ることになりますよ！」

貝塚さんは困った顔をする。

「言いたいことは分かるが、これは鉄道公安隊上層部の判断だからな」

「誰ですか⁉　そんな判断をしたのは？」

その時、入口の方から落ち着いた雰囲気の声が響く。

「私が判断しました……その判断に『誤り』があるとでも？」

飯田と一緒に振り返った俺は、右手を額にあてて敬礼する。

「根岸部長！ お疲れ様です」

國鉄本社から根岸部長が、視察にきていた。

首都圏鉄道公安隊・警備部の根岸部長は、肩パットの入ったダブルの喪服のような漆黒のスーツを着て、ズボンのポケットに両手を突っ込んだまま頭を軽く下げて答礼した。

見た人を凍らせてしまいそうな細い鋭い目つきで、髪をオールバックにしている。

その年の国家公務員採用総合職試験をトップの成績で突破し、数年後には鉄道公安隊本部長を経て「最年少で総裁になるのでは？」と言われている優秀な國鉄官僚の一人だ。

ただ、出来れば……部下にはなりたくない。

目的のためには手段を選ばない冷徹なところがあり、更に自分にも部下にもかなり厳しいので、多くの者が根岸部長についていけなくなり、出社拒否になったり、退職させられたりと……あまりいい噂は聞かないからだ。

俺達のような一介の鉄道公安隊員が話すことはないが、東京駅にある東京中央鉄道公安室の者は、向かいにある國鉄本社へ行くことがあるので、俺も見たことだけはあった。

飯田は神奈川にいたので、たぶん初対面のはずだ。

コツコツと革靴を鳴らしながら歩いてきた根岸部長は、体全体から独特のオーラを発していて、その目を見ているだけで萎縮してしまうところがある。

目の前までやってきた根岸部長は、俺の顔を見てゆっくり聞く。

「私の決定に不服があると？ えっと……」

もちろん、新設班長の俺の名前なんて、根岸部長はまったく知らない。

だから、貝塚さんが、呼び名が分からなくて困っている根岸部長に知らせる。

「東京中央鉄道公安室・第七遊撃班・境班長と飯田です」

根岸部長が貝塚さんを見返す。

「第七遊撃班……あそこの班は、第三までじゃありませんでしたか？」

「最近、新たに創設されました。総裁の肝いりで」

それを聞いて「あぁ」と小さく呟き、根岸部長は納得する。

「小海総裁の……なるほど。あなたでしたか」

品定めするように、根岸部長が俺の体を上から下まで見た。

根岸部長を前にすると、その独特の威圧感から自分の意見を曲げてしまいそうになるが、俺はなんとか踏み留まって意見具申する。

「ミスホームでの警備業務ですが、自分は大会終了まで継続すべきだと考えます！」

俺は知らないうちに乾いていた喉にゴクリとツバを飲み込んだ。

「どうしてです？」

根岸部長は簡潔に否定した。

「それは爆弾犯が捕まってはいないからです」

「いえ、それについては昨日、うちの貝塚が容疑者を確保しています。現在取り調べ中ではありますが、事件はこれで解決です。我々には遊ばせておく人員は少しもいませんから」

「ですが！　その男はまだ容疑者であって――」

伸ばした右の人差し指を右から左へスッと動かして、俺の言葉を静かに遮る。

「日本の刑事事件では勾留された者は半数が起訴され、起訴されれば99・9％有罪になります。ですので、あの男も十中八九そうなるでしょう」

非の打ちどころの無く畳み掛けるような説明に、俺は一言も言い返せなかった。

「更に……爆弾犯が捕まったということを受け、ミスホーム実行委員長より『であれば物々しい鉄道公安隊員は、雰囲気を壊すので早く引き上げて欲しい』との申し出を受けています。警備対象から『いりません』と言われているものを無理強い出来ますか？　境班長」

根岸部長は俺が気圧されて黙ってしまったので、横にいた貝塚さんに命令する。

「貝塚君。撤収を急いでください。一時間後には名古屋から全員引き揚げるように」

ガシッと足を鳴らして貝塚さんは敬礼する。

「了解。作業を迅速に進めます！」

「よろしく頼みますよ、貝塚君」

俺と飯田以外は全力で撤収準備に入った。

「では、君達も引き上げなさい」

根岸部長がそう言った瞬間、飯田が「あの～」と右手を挙げる。

「飯田君……でしたか？　なんですか？」

「五能さんはどうなるんでしょうか？」

「五能？」

根岸部長は警備状況の詳細までは知らないようだった。

「現在、爆破事件の犯人捜索のための潜入捜査で、五能さんがミスホーム決勝大会出場者として大会に出場しており、午後もプログラムが残っています」

「では、その五能君も引き上げさせてください」

飯田は根岸部長に気圧されることもなく、いつものような雰囲気で対応する。

「いや～それは無理かと～」

その態度はお気に召さなかったらしく、根岸部長の目はキッと厳しくなった。

「どうしてですか？　単に出場辞退すればいいだけでは？」

「それがぁ～午前中のプログラムで大変目立ってしまいまして、きっと、ここで居なくなるとミスホームにも悪い噂がたってしまうかと～」

「悪い噂とは？」

「五能さんは午前中に行った特技披露で実行委員長を投げ飛ばしたのですが～『怒らせたから圧力で辞退させられたに違いない』……と。そんな噂は協賛している國鉄にもよくないですよねぇ～？」

こういう時の飯田に、俺は思わず舌を巻いてしまう。

まさに「要領よく」といったところだ。

なるほど、そういうことなら、ギリギリで警備が続けられるか？

だが、たぶん冷徹な根岸部長としては、こういう面倒な交渉は嫌なはずだ。

そこで、俺は妥協点を提案することにする。

「根岸部長！　五能は我々第七遊撃班所属ですので、我々だけ残るということをご許可願えませんでしょうか？」

俺と飯田は一緒に頭を下げる。

『よろしくお願いいたします！』

じっと俺達を見ていた根岸部長は、やはり冷徹な回答を言い放つ。

「それは許可出来ませんね」

根岸部長は命令を少しも曲げようとはしなかった。

俺は飯田と一緒にバッと顔を上げる。

「どうしてですか⁉」

「ここからの『撤退』は國鉄本社の決定です。それを遵守しなくては鉄道公安隊内の規律は維持出来なくなってしまいますから」

悔しかった俺はグッと奥歯を噛んでいると、飯田が思い切ったことを言い出す。

「では、飯田は本日只今より病欠いたします！」

根岸部長は目尻をピクリと動かし、俺は心の中で「えぇぇ⁉」と叫んだ。

「それは私の知るところではありません。どうしますか？　上司の境班長」

ギロリと俺を睨んだ根岸部長は言葉にしなかったが「部下のワガママは、上司が止めろ」というニュアンスが含まれていることは分かった。

だが、俺はそんなことを考えることなく、すぐに覚悟を決めた。

「では、俺も本日は病欠します！」

再び頭を下げた俺に、根岸部長は呆れたように、小さく首を振った。

「鉄道公安隊員として、あまり頭のいい選択ではありませんね」

俺は顔を上げて胸を張る。


「部下を見捨てるような責任者は、意味がありませんから！」


少しの沈黙が流れて、俺と根岸部長はお互いの目を見合った。

しばらくして根岸部長が俺と目線を外さず「貝塚君」と呼ぶ。

貝塚さんが走り寄って来たら、根岸部長が俺と飯田を指差す。

「二人は今から病欠とのこと。ですので、手帳と銃、手錠などの装備を預かってください」

「わっ、分かりました」

顔を見合わせた俺と飯田は、銃、手錠、伸縮式警棒、無線機などがホルスターに入れて吊られている帯革を外して、その上に鉄道公安隊手帳をのせて前に差し出す。

『貝塚さん、すみません』

首を横に振りながら、貝塚さんは申し訳なさそうにしている。

「悪いな。だが、これは規則だから恨まないでくれ」

「大丈夫です。それは覚悟の上なのでぇ〜」

飯田はニコニコ笑いながら装備を全て貝塚さんに手渡した。

俺達をジロリと見た根岸部長は「制服も脱いでください」とでも言いたそうな顔をしていたが、飯田の手前もあったのか、それ以上のことは言わなかった。

それで納得したのか、呆れて相手にしたくなくなったのか、根岸部長はクルリと背を向けて、何も言わずに控室から静かに出て行った。

「途中で現場を離れるのは断腸の思いだが……。すまんが、あとをよろしく頼む」

貝塚さんに敬礼されたので、俺と飯田も答礼で応える。

『了解しました！』

俺達は微笑み合ってから、その場を離れる。

五階にあった鉄道公安隊員の控え室を出て内部階段を使って六階まであがり、イベントホール裏にある五能のいる決勝大会出場者控室へ向かう。

その時、控室から通路へ九頭竜先生やメイクスタッフがドヤドヤと出てきた。

俺は飯田と共に、九頭竜先生へ駆け寄る。

「九頭竜先生！」

顔をクシャとした九頭竜先生は、とてもすまなそうな顔をする。

「ごめんなさいねぇ～鉄道公安隊の方から『全員引き上げろ』って命令されて……」

周囲にいた数人のメイクスタッフも、無言のまましっかりと頷く。

「こっちまで引き上げを？」

驚く飯田に俺は頷く。

「今回のミスホームには『鉄道公安隊の潜入捜査』ってことで、九頭竜先生やMARK―UP CONSTRUCTIONさんに仕事の依頼をしているからな」

九頭竜先生はグッと奥歯を噛む。

「私達は『じゃあここからはギャラなしでやります』って抵抗したんだけど、なんだか暗い感じの上司を名乗る人がやってきて……『命令が聞けないのでしたら、今後の國鉄イベントでは一切お付き合い出来なくなりますよ』なんて脅されて……」

その徹底したやり方は、きっと根岸部長だろう。

規律を重んじる根岸部長は「金がかかる、かからない」ということではなく、國鉄本社が決定した「カメラマンの男が爆弾犯」という筋書きに対して逆らう行為は、全て「規律を乱すもの」として排除したいに違いない。

俺も捜査班にいたから分かるが、なにかの事件で捜査本部が立ち上がると「捜査方針」が決定され、それ以外の犯人を追うことは、例え非番時であっても許されない。

それを許してしまって万が一にも成果が出てしまった場合、各員の独断専行を許すことになり捜査本部内のチームワークが保てなくなるからだ。

だから、普通は上層部の決定に従って「止めろ」と言われれば、それに関する全ての行動を現時刻において中断するのが、序列優先の警察系組織というものだ。

とても残念そうな顔をしている九頭竜先生に、俺はニコリと笑いかける。

「分かりました。あとは自分達でやってみます」

「大丈夫？　境ちゃんに出来るかしら」

周囲のＭＡＲＫ―ＵＰ　ＣＯＮＳＴＲＵＣＴＩＯＮのスタッフも含め、一斉に目を細めて疑うような目で見つめられる。

そんな目線に気圧されて、俺は少し後ろへ下がる。

「まっ、まぁ……その……飯田もいますから……」

腕を引っ張って、飯田を盾にする。

「アハハ～頑張ってみま～す」

額から汗をタラリと流しながら、飯田はスタッフからのプレッシャーに耐えた。

じっと飯田を見ていたメイクスタッフが、一斉に両手を伸ばして飯田の手を握る。

五人に放射状にグルリと囲まれた飯田は、少し困った顔をする。

「あっ、あの～」

次の瞬間、出していた手に額がつくくらいに、五人は一斉に頭を下げた。

『よろしくお願いします‼』

驚いた展開に「えっ、えっ」と飯田は戸惑った。

メイクスタッフは「頑張れば！ 優勝狙えると思うので」とか「仕事を途中で投げ出してすみません」など、口々に謝罪や応援を伝えてくれた。

顔をあげたみんなの顔を見た飯田は、しっかり頷いて微笑む。

「分かりました！ 全力を尽くしてみますから」

そんな言葉を受けたメイクスタッフは一人一人と手を離して、自分の思いを込めるように飯田の肩をポンポンと手でタッチしながら出口へ向かって歩いていく。

そして、最後にやってきたメイクスタッフのチーフが飯田の耳元に囁く。

「……メイク道具は忘れてきてしまったので、自由に使ってください」

チーフはパチリと右目をウインクして見せる。

「ありがとうございます」

そのまま飯田とすれ違ったチーフは、振り返ることなく拳にした右腕を真っ直ぐに天井に向かって掲げ、歩いたますすっと親指だけを立てて見せた。

最後に九頭竜先生が俺達の前に立つ。

「午後のショーで使うドレスも忘れてきたから……うまくやってあげて」

その時、控室の方から声がする。

「九頭竜先生！」

そこには五能が目を潤ませて立っていた。

ハイヒールでカッカッと走り寄った五能は九頭竜先生の目の前に立ち、高い身長を使って鮮やかに頭を下げる。

「今日まで、本当にありがとうございました」

九頭竜先生は名残惜しそうに、五能の二の腕にそっと右手を添える。

「こちらこそ、ありがとうね。瞳ちゃんのおかげで、私も女の子の魅力の出し方って『もっともっとあるんだわ』って、改めて気づかされたわ」

「そんな……先生」

ゆっくりと首を左右に振る五能を、九頭竜先生も目を潤ませて見上げる。

「すっかりレディね……瞳ちゃん」

「いえ、私はまだまだです」

二人はお互いを見つめ合うが、言葉を交わすことはない。

それでも十分に想いは伝え合えたようだった。

九頭竜先生がポンと腕を叩く。

「大会が終わっても……少しはわたくしの教えたことを思い出してね」

五能は九頭竜先生を真っ直ぐに見つめて、はにかむように微笑む。


「この経験は……一生忘れません」


九頭竜先生は嬉しそうに微笑んで、五能の顔を見つめた。

そして、すっと腕から手を離すと、そのまま後ろ向きに歩きながら通路を出口へ向かって下がっていく。

「いい？　ウォーキングは腰の動きが命よ」

「泣いたらダメよ。メイクを直すのが大変になるから」

「ドレスのファスナーがちゃんと上がっているかチェックしなさい」

笑顔でそんなことを言いながら離れていく九頭竜先生に向かって、五能は一回一回ちゃんと「はい！」と返事をしながら応えた。

やがて通路から消える時、九頭竜先生も拳にした右腕を上げて親指だけ立てた。

五能もそれに応えるように、同じようにして微笑んだ。

そこで俺達第七遊撃班の三人で顔を見合わせる。

「最後まで気を抜くなよっ」

俺がそう言うと、五能と飯田がニヤリと笑う。

「任せておけ」

「真犯人を捕まえないとねぇ～」

そんな二人の肩に手を伸ばし、控室へ向かって三人で歩き出す。

「よしっ、決勝大会を無事に終わらせるぞ！」

二人は「了解」と力強く頷いた。

俺は控室へ戻る中で、五能に聞きたいことがあった。

「そういや、どうして護身術を三度も品鶴さんにやったんだ？　あんなのどう考えたって、やり過ぎだろう」

俺は気楽な感じで聞いたが、五能は割合深刻な顔で答える。

「私は一回で終わる予定だった。だが、後の二回は予想外……いや、襲われたというのが正解だろうな」

「襲われた!?　ステージの上でか？」

少し考えてから五能は呟く。

「ディレクターから聞いた話だが、品鶴はミスホーム出場者に『自分の立場を利用して手を出している』という噂があった。それを一度目の技を仕掛ける時に問い正してみたら、突如、激高して襲ってきたのだ」

それを聞いた飯田は「ふ〜ん」と呟く。

「きっと本当のことだったんだろうねぇ〜」

「だろうな。普通ならそんなことくらいでは、怒る気にもなれんだろう」

俺の感じていた品鶴さんの印象から、そんなことをする人とは思えなかった。

軽いところはあったが、少し前とはいえ俳優をやるくらいに顔は整っているのだから、きっと俺に比べればモテただろうし、女に困っているような感じはしなかったからだ。

ああいう立場の人は人なりに、立場を利用してでも……という思いがあるのか？　やはり女好きはいくつになっても止められないのか……。

五能が歩きながらボソリと呟く。

「あの男は心の中では、女をバカにしている」

「えぇ〜ミスコンの実行委員長なのにぃ〜〜〜」

飯田は口を大きく開いて呆れた。

「まぁ、そんなミスホーム実行委員長も、品鶴は今回までだそうだが……」

「そうなの？」

「なんでも品鶴を外して新たなミスコンに切り替えるそうだ。今回の担当ディレクターからそう聞いた」

飯田はフムと納得する。

「だったらいいけどね」

そこで五能は思い出すように語る。

「そう言えば……その話を品鶴にした時も、机を叩きながら『この大会を大きくしてやったのは俺だぞ！』と激高したらしいぞ」

フッと笑った飯田は、胸の下で腕を組んで持ち上げるようにする。

「あ～見えて……実はキレやすいのかな？」

それには五能もフッと笑う。

「だろうな。女に護身術でやられただけで頭にきて、私の首を絞めようとしたのだから。しかも卑怯にも後ろからだぞ」

五能は自分の首を両手で掴んで見せた。

「バカにしている女相手なのに、みっともないねぇ～」

五能と飯田は顔を見合わせてフフッと笑い合う。

なんだ？　なにか違うような気がするな。

その時、俺は少しだけ違和感を覚えていた。

本当はしっかりと整理したかったが、そこで決勝大会出場者控室に着いたので、俺達は五能のセッティングを始めることにした。

部屋の中はまるで高級百貨店の一階のように、色々な化粧品の匂いが強烈に入り混じっていて男の俺には倒れそうな感じになっている。

控室の一番奥にあった場所に行き、五能を椅子に座らせる。

「さてぇ～やってみますか！」

飯田が腕まくりして取り掛かる。

すぐに九頭竜先生なんかが忘れていってくれたドレスやメイク道具を取り出して、なんとか五能のメイクアップを行うが、そう簡単にはいかない。

いきなり普通のお父さんが一流工具を渡されても、F1マシンを整備出来ないのと同じだ。

飯田のメイク技術は家庭で車を整備する程度で「こんなにあっても……」というくらいに並んでいるメイク道具をどう使っていいのか分からない。

もちろん、俺にいたっては、顔には洗顔料くらいしか使わない。

午後から使うドレスを着るところまでは何とかしたが、ヘアアレンジとメイクだけは自分達だけではどうしようもなかった。

二人で「あぁ～」とか「えぇ～」と声をあげながら悪戦苦闘。

だが、こういうものは慣れが必要で、頑張ればなんとかなるものでもないし、メイクもヘアもやり過ぎれば変になることもある。

なにも出来ないうちに、気ばかりが焦って時間だけが過ぎていく。

俺と飯田が試行錯誤している間に午後のイベント開始時刻が、あと30分に迫る。

「こっ、これは……どうすれば……」

俺が困っていたら、横にいた赤穂さんが顔を突っこんでくる。

「あの～うちのメイクさんが、少しお手伝いしましょうか？　準備はもうだいたい終わりましたので、わたくしも一緒にお手伝いさせて頂きますので」

その提案に俺は思わず「えっ⁉」と驚いた。

なぜなら、五能と赤穂さんは決勝を争うライバルであり、五能が中途半端なメイクやヘアアレンジで登場した方が、自分の評価がよくなるのだから。

「いっ、いいんですか？」

赤穂さんは輝くような笑顔でキラリと笑う。

「だって、女の子はみんな一番キレイな姿で、コンテストには出たいですから！」

その瞬間、更に驚いたことが起こる。

「うちのメイクさんも手伝えますよ」「こちらも終わっていますから」

と、他の全ての出場者が、自分のところで抱えているメイク担当者を「貸してくれる」と申し出てくれたのだ。

きっと、ここへやってきた根岸部長と九頭竜先生との間で交わされた理不尽な会話は、周囲のスタッフにも全て聞こえており、同じような境遇だったとしたら「悔しいだろう」と感じてくれていたのだ。

そんなことがあるとは思っていなかった俺は、感動して胸が熱くなった。

すっと一回目を瞑った俺は、飯田と顔を見合わせてから頭を下げた。

『ありがとうございます！　よろしくお願いいたします』

その瞬間、控室の中で『うわっ』という小さな歓声のようなものが起きて、一斉に集まってきてくれた各チームのメイク担当が五能の手直しを急ピッチでやり始めてくれた。

赤穂さんもそこに加わり、五能のルージュをキレイに引き直してくれる。

各チームのスタッフに助けられる五能を見ているだけで、俺は幸せな気分だった。

しばらく作業を見つめていたが、ここに俺がいても意味はない。

「飯田ここは任せる。俺はステージ裏の消毒をして観客席を見張るから」

「こっちが終わったら合流するから～」

「いや、飯田は出場者についていって、ステージの袖から見張ってくれ」

飯田は敬礼しながら「了解」と返事する。

俺が控室を通り抜けて廊下に出たところで、赤穂さんとバッタリ鉢合わせになった。

「ありがとう。おかげで助かったよ」

赤穂さんはゆっくりと首を左右に振る。

「私もお役に立ててよかったです」

フフッと微笑む赤穂さんを見ながら俺は思う。

吾妻部長から聞いたが……こんな子がＲＪと接触して、爆弾を仕掛けるだろうか？

その態度や行動からも、俺にはそうは見えなかった。

「あの～赤穂さん」

「はい。なんでしょうか？」

「國鉄についてどう思う？」

赤穂さんはニコニコと笑う。

「私がローカルな地方に住んでいても、こうして色々なところへ行けるのは國鉄さんのおかげですから。いつも『ご苦労様です』と感謝しています」

淀むことなく赤穂さんはスラスラと言った。

別にウソ発見器にかけているわけではないが、こうした質問に対して含むところがある人物は、なんらかの変な反応をすることが多いのだ。

鉄道公安隊員が駅で職務質問をかけるが、あれも全員が細かく調べられるわけじゃない。

ほとんどの人は少し話をするだけで解放される。

「こんにちは。今日はどちらへ行かれるんですか？」

みたいな普通の質問に対して、妙な返答をしたり動揺する人に対してだけ所持品検査などを行っていて、もちろん、そういう人のバッグからは何かが出てくるものだ。

そうしたことを数多くやってきた俺からすれば、赤穂さんからは「國鉄憎し」というような感情はまったく感じられない。

もしかして……品鶴さんみたいに、突然激高するようなところがあるのだろうか？

普段温和な人が、突如殺人を犯すこともある。

だから、こうしたことだけでは、ハッキリと判別出来ないが……。

俺が首筋や額を見つめていたら、赤穂さんが首を傾げる。

「どうかされましたか？　境さん」

俺は右手をあげて左右に振る。

「いや、なんでもないよ」

フフッと微笑んだ赤穂さんは「あれ？」と呟いてから俺の腰を指差す。

「今日は銃とか警棒を持っていないんですか？」

事情についてちゃんと説明するのも面倒だ。

「あっ、あぁ。危険がなさそうだから、今日からは持たないことになったんだ」

「そうなんですね。それは良かったです」

「じゃあ、俺はこれで……」

赤穂さんに軽く会釈して、俺はステージ裏へ向かって歩き出す。

一応、今日の早朝には貝塚さんの命令の下、鉄道公安隊員全員でイベントホールの消毒を行っているし、それ以降新たな荷物は持ち込まれていない。

その時に五能が心配していた観客席へ伸びる花道の下も捜索したが、昨日と変わることもなく異常はなかった。

もちろん、お客様の手荷物は全て中までチェックし、入口に金属探知機も仕掛けてあるから、今から爆破物が持ち込まれる可能性はないはずだ。

俺はステージ裏の通路を歩きながら、一度はチェックした消火器の横や配電盤、倉庫の中なども調べつつ歩くが、あまり朝と変わらない雰囲気だった。

「警備が厳しくて、RJも今回は諦めたか?」

そんなことをしているうちに、ステージの方から『**ウワァァ**』と歓声が上がる。

漏れ聞こえてくるモゴモゴとした音に耳を澄ますと《では、午後のプログラムを始めて……参りましょう》と言う司会者の声だった。

「俺も観客席へ回らないと」

十畳ほどの倉庫内のチェックをやめて、廊下へ出る扉へ向かって戻る。

もちろん、あのカメラマンの犯行で、事件は解決しているかもしれないのだ。

「それはそれでいいことだけど……これで根岸部長の心象は悪くなっただろうな」

俺は警備班でもないから直接困ることもなかったが、國鉄官僚は色々な部署を少しずつ経験するようになっているから、いつ上司になるか予断は許せないのだ。

俺はドアノブに手をかけてガチャリと回して扉を廊下側へ押し開く。

その瞬間、扉がゴツンとなにかに当たった。

「**おっと危ねぇ!**」

声のした扉の外を覗いてみたら、イベントスタッフが二人で二メートル近くある箱を、ストレッチャーのような高さのある台車にのせて運んでいた。

俺の開いた扉が台車の角に当たったらしい。

「すみません」

「いえ、こちらこそすいません」

俺に対してはにこやかに微笑んだおじさんのイベントスタッフだったが、台車の反対側にいた学生みたいなもう一人に向かっては鬼のように怒鳴る。

「おいっ！　慎重に運べっつったろ！」

「すんません」

学生はおもしろくなさそうに応えた。

「もし、トロフィーが壊れでもしたら、大変なことになっちまうんだからなっ」

その時、ステージでは午後のプログラムであるウォーキングが始まったらしく、床が微動するようなロック調の音楽が周囲の壁を通してドッドッと響いてきた。

俺は幅五十センチくらいの細い棺桶のような箱を見つめる。

「へぇ～これが噂の優勝者が受け取る巨大トロフィーですか？」

「そうなんですよ。これ持ち回りで使用するんじゃなくて、毎年一つ作って優勝者に手渡しているんですからね」

心配そうな顔でおじさんのスタッフは、そっと箱のフタを開く。

すると、中には金色に輝くトロフィーが、梱包材の中に埋もれていた。

二人で少しだけ梱包材を避けて、トロフィーが破損してないかを確認し始める。

たぶん、高さ一メートル半程度あり、一番下にあるしっかりした木の台座の上には四本の柱に支えられた板があり、更にその上にはもう一段あって、最上段にはビーナス像が立つ塔のようなオブジェが載せられていた。

チェックを雑に終えた学生が口を尖らせる。

「いくらなんでも重すぎですよ。こんなの女の子が持ち上げられるんすか？」

「そんなことは知らねぇよ。お偉いさんで決めたことなんだからよ。俺達は表彰式までに準備してステージまで運ぶだけさ。ふう、とりあえず破損はしてねぇみたいだな」

俺は再びフタを二人で被せだした、おじさんの方のスタッフに聞く。

「そんなに重いんですか？　これ」

「きっと最後だからだろ。過去最高の重さだよ、こりゃ」

「へぇ～そうなんですね」

その時、カッとおじさんの持っていた無線機に入感がある。

【おい、トロフィーはどうなった⁉】

渋々といった顔で、おじさんは胸ポケットから無線機を取り出して出る。

【今、持っていきますよ】

【早くしろ！】

「じゃあ、俺達はこれで」

軽く頭を下げたおじさんのスタッフは、再びステージに向かってトロフィーを運びだした。

俺の方はそのままステージ裏を通り抜けて、ステージに対して向かって左側の一番前の扉から観客席に入る。

右には盛り上がる階段状の観客席がズラリと見え、左側には大きなステージが見えた。

観客席側の照明は落とされており、ステージが色とりどりの照明や観客席後方からあてられるスポットライトでキラキラと輝く。

その為にステージ上の出場者はハッキリ見えたが、観客席側は暗くて見えにくい。

決勝大会出場者の八名がステージ上手から登場しては、中央の花道に入って観客席中央の丸い部分まで歩いてきて、その前に並ぶ審査員席に対していくつかポージングを決めてから、花道を戻ってきて舞台下手へ消えて行った。

お客様は出場者が現れる度に『**うわぁぁ‼**』と盛り上がり、ステージを歩き出すと手拍子をして応援した。

ミスホームの中でもクライマックスといっていいプログラムだけに、会場のボルテージは最高潮に達しつつあった。

お客様の邪魔にならないように、一番前の壁に背をつけて観客席を見張る。

「ウォーキングが無事に終われば、きっと異常なしで終了だな」

貝塚さん達が引き上げた時には心配だったが、こうして見ていると平和なイベントそのもので、事件が起きるような雰囲気はどこにもなかった。

その時、会場が一気に盛り上がる。

『うわぁぁぁぁぁぁぁぁぁぁぁ!!』

それは七番目の赤穂さんが、ステージに登場してきたからだった。

「やっぱり本物は違うなぁ」

俺が審査するわけじゃないが、赤穂さんは出場者の中でずば抜けていると思う。

高い身長、非の打ちどころのないプロポーションなど身体的な部分はもとより、ただ右手を動かすだけでも優雅で、ミュージカルやバレエを見ているよう。

その上で口を開ければ、とても丁寧で優しく、学もあった。

そんな赤穂さんを目で追っていた俺は、花道を歩いたことでスポットライトが集まり、チラリと見えた審査員席に「うん？」と違和感を覚えた。

どういうことだ？

たぶん、見間違えではなかったら、中央に座っているはずの品鶴さんがいなかった。

そこで、ポージングをしている赤穂さんの向こう側に照明が当たるのを待って確認する。

七人くらい並ぶ審査員席の中央には誰もおらず、空の椅子だけだった。

「やっぱり……いないな」

どういうことだ？　最も大事なウォーキングを見ないなんて。

少し気になった俺は後ろへ下がって、入って来たドアから通路へ出た。

そこで、さっきのトロフィーを運んでいたおじさんのスタッフがいたので、

「あの～実行委員長が審査員席にいないみたいですけど」

と聞いてみたら、スタッフはフッと笑う。

「品鶴さんは『午前中に受けた背負い投げで、背中が痛くて歩けない』らしくって、五階の医務室にいるそうですよ。なんか自分が頑張ってきたミスコンの最後の表彰式に出られないなんてところが……日頃の行いっていうんですかねぇ」

「そうなんですか……」

それは五能がやったことなので、俺は少しばかり申し訳なく思った。

「ありがとうございます」

スタッフに頭を下げた俺は、すぐにステージ裏へ入り階段を使って五階へ下りる。

一応、謝っておかないとな。

すぐに復帰できるならよかったが、そんなにダメージを与えてしまったのなら、いくらプログラムのこととは言え、責任者として謝っておかねばならない。

昨日知ったのだが医務室はステージの下辺りにあって、こうして階段を使用すると、それ程時間をかけずに行くことが出来る。

俺は階段を下りながら、五能がやった護身術のことを思い出していた。

「あの投げ方なら、そんなにダメージはないはずなのにな」

俺達は研修で柔道も習う。そこで、お互いに投げ合うのだが、最後まで手を持ったままだと床に打ちつけられて息が止まるが、あんな感じですっぽ抜けると大したダメージはない。

もちろん、打ちどころが悪いとダメなのだが……。

「だったら、あんなにしつこく、五能に挑まなきゃよかったのに……」

性格的に激高したとしても二度目でやめておけば、きっと、五能も背負い投げまではしなかっただろう。

だが、品鶴さんは背後からかなり強く首を絞めにいった。

だからこそ五能も手加減することなく、ああした技を出すハメになったのだ。

だんだんとステージからの音が聞こえなくなってきて、階段を五階まで下りた俺は重い扉を開いて廊下へ出た。

そのすぐ前に扉があって「医務室」とプレートがかかっている。

寝ていたら悪いからな……。

俺は静かにドアノブに手をかけて、音をたてないように静かに開いた。

そして、中の様子を伺うと、看護師はおらず品鶴さんが向こうを向いて立っていた。

よく見ると、品鶴さんの向こうには一つのディスプレイが置いてあり、そこにはステージの様子が写し出されていた。

どうも、スタッフが無線で飛ばすモニターをここへ設置したようだった。

既にウォーキングは終わって、審査員からの質問を受けている。

そのディスプレイを食い入るように見つめている品鶴さんは、背中を丸めながら両手を拳にして思いきり力を入れている。

なんだ？　歩けないんじゃなかったのか？

そっと覗いて見た品鶴さんの全身からは、なにか禍々しいオーラが見える。

「よぉぉぉし！　あともう少しで思い知らせてやるからなっ」

俺は心の中で「思い知らせる？」と問い返した。

品鶴さんはパタパタと小躍りしながら足を鳴らしており、背中が痛くて歩けない状態とは到底思えなかった。

どうしてこんな元気なのに、最後の表彰式に出ないんだ？

疑問に思った俺が頭をフル回転させて考え出すと、一つの考えに辿り着く。

あれが偶然ではなく……もし狙ったものだとしたら？

品鶴さんは五能に投げられて「痛むから」という理由で医務室に来ているが、これが背負い投げによるものではないのだとしたら……。

そう思えば、色々なことが頭の中で繋がっていく。

だが、一つだけ分からないこともあった。

そこで、俺は扉を大きく開いて医務室に入った。

バッと振り返った品鶴さんの顔はドラッグ漬けのような顔で、目は大きく見開き口元からはだらしなくヨダレが垂れつつあった。

なにかに取りつかれたように目を血走らせていて、明らかに様子がおかしい。

「背中、もう痛くないようですね？」

ディスプレイ前で今まではしゃいでいて、それで「歩けない」とは言えない。

品鶴さんは右手でグッとヨダレを拭き、元の雰囲気を取り繕う。

「なんとか歩けるようにはなったのさ」

そこで俺は目を細める。

「では、会場へご案内しましょう。まだ、表彰式に間に合いますから……」

俺がジリッと一歩前へ出ると、呼応するように品鶴さんは一歩引く。

そして、目を不安そうにフルフルと震わせながら、弱々しく呟く。

「いや～まだ階段は登れそうにないんだ」

「違うんじゃないですか？ 品鶴さん」

「ゆっ、ＹＯＵ！ なっ、なにを言ってるんだい？」

部屋は暑くもないのに、品鶴さんはびっくりする程の汗を流し出す。

駅で出会った職務質問者なら、鉄道公安室に即引っ張るレベルだ。

更に一歩前に出た俺は、右手の人差し指を伸ばして品鶴さんの鼻先を指す。

「**あなたは爆発に巻き込まれたくないだけだろ！**」

品鶴さんは「ぐっ」と唸って奥歯を噛み黙ってしまった。

「やはりそうか。あなたが爆弾犯とは思いもしなかった」

「なっ、なにを言い出す⁉」

俺は自分の推理を品鶴さんにぶつける。

「あなたは自分が一生懸命にやってきた『ミスホーム』が今年で終わり、来年からは自分を外した新たなミスコンが始まることが許せなかった。そこで、國鉄の分割民営化をうたう『RJ』のせいにして、この会場を爆破することを企んだんだ」

「デッ、デタラメを……」

品鶴さんのあからさまな動揺を見た俺は、自分の推理に自信を持った。

「いや、そうでもないだろ。あなたは『RJ』のせいにしたいから、カメラマンの男には大金を払ってRJと名乗って脅迫電話をかけさせた上で、マスコミ用の招待券を渡してここへ呼んだんだ。そして、RJが作ったチラシを持たせて、怪しい動きで捕まるように仕向けた」

それは的を射ているらしく、品鶴さんは何も反論しない。

「あなたとしては『RJから狙われていた』という既成事実を作るために、鉄道公安隊に警備はして欲しかった。だが、表彰式までいられるのは邪魔だった。だから今日になってから『脅迫電話をかけたのは自分だ』とだけ自白させ『あとは黙秘していろ』とでも指示したんだろ。あなたにとっては表彰式までの時間が稼げればいいだけなんだからな」

俺の推理は絶対に間違っておらず、今回の真犯人は品鶴で間違いないのだが、問題は爆弾の場所が分からないことだった。

そして、品鶴は表彰式での爆発を狙っていると思われ、もう爆発まで時間がない。

《それでは表彰式に参ります。では、まず第三位！》

司会者がそう言うと、ディスプレイからはファンファーレが響き出す。

グッと前に出た俺は、睨みつけて威圧する。

「おい、品鶴！ もうRJのせいにして逃げられはしない。家宅捜索でもやれば証拠がすぐに出てきてお前は逮捕される。だから、もうこんなことは止めて、爆発物の在り処を言え！」

ギリリと奥歯を噛んだまま、後ろへ下がった品鶴はディスプレイに背中をつけた。

品鶴は悔しそうに「くそぉ」と低い声で呟き体を震わせる。

「あっ、あいつらが悪いのさ……おっ、俺が悪いんじゃない……」

「なにを言っているんだ。それはお前の逆恨みだ！」

全身を震わせながら、品鶴は首をブルブルと左右に振る。

「そんなことない！ この大会を大きくしてやったのは、俺なんだぞ！」

俺は品鶴のセリフに被る勢いで、大声で言い返す。

「そんなものは、人を傷つける理由にはならない！」


　二人の間に睨み合う時間が流れる。

《続きまして第二位！》

　そんな声だけがディスプレイから響き、再びファンファーレが鳴り出す。

　ファンファーレが鳴り終わった瞬間、驚きの声が聞こえてきた。

《エントリーナンバー八番！　参宮恵梨香さんで――す!!》

　会場はドッと盛り上がり、多くの拍手が聞こえてくる。

　なんと五能が二位を獲ったのだが品鶴と対峙している今は、反応している余裕はない。

《では～参宮さん、ステージ中央へどうぞ～～～》

　俺は右手を伸ばしながらディスプレイを背にしている品鶴に迫る。

「さぁ、大人しく爆弾の場所を言え！」

　その時、品鶴が勝ち誇ったような笑みを浮かべだす。

「こうなったら……一人でも多く道連れにしてやるぜ！」

「バカな考えはよせっ！」

「どうせ俺の人生はもう終わりだ。だったら！　このイベントに関わった全ての奴の人生をめちゃくちゃにしてやるのさ！」

それは俺の心の中にある地雷を踏んだ。

「貴様ぁ――――――――‼」

俺は一気に駆け寄ると、咄嗟に品鶴の胸ぐらを右手で掴んでディスプレイに押しつけた。

「お前のような奴がいるから！ 犯罪がなくならないいんだっ」

だが、品鶴は爆弾の設置場所を「吐かない」と決めたらしく、体から力を抜いてダラリとしたまま口からヨダレを流しながらヘラヘラと笑った。

「なにを言おうが……もう……タイムリミットだ……ヘッ」

俺は右手で喉元をおさえながら、瞬きすることなく品鶴の顔を睨みつけた。

その時、ディスプレイから司会の声が響く。

《では～参宮さんに二位の証でありますトロフィーの授与です》

その瞬間だった。

俺をじっと睨み返していた品鶴の黒目が、ほんの少しだが下へクッと動いた。

今、反応した⁉

そこで下を見た時に見えたディスプレイには、審査員から一メートルくらいのトロフィーを受け取っている五能の姿が映っていた。

その時、体を電撃のような感覚が突き抜ける！

「そうかっ！　爆弾は優勝トロフィーの台座の中かっ！」

俺がそう叫んだ瞬間、品鶴の目がクワッと大きくなって必死の形相に代わる。

「邪魔させるか――!!」

胸ぐらを掴んでいた手の力が抜けてしまったせいで、品鶴が力任せに俺を押してくる。

だが、これくらいのことで鉄道公安隊が俳優程度には負けはしない。

ニヤリと笑った俺は、左手で品鶴の肘を掴み、胸ぐらを掴んだままで手前へ下がるようにして二、三歩後退する。

この態勢で前腕を品鶴の脇の下に密着させてから重心を足にのせ、肩とヒジを一気に上へ向かってあげた。

「品鶴幹久、公務執行妨害で緊急逮捕するっ!!」

次の瞬間、相手の懐でクルリとコンパクトに回転させて背を向け、品鶴の体を前へ引きずり落とすようなイメージで、思いきり手に力を入れた！

　俺の伸ばした脚を軸にしてフワリと舞った品鶴は、もの凄い勢いで百八十度回ってから、医務室の固い床に背中から思いきり打ちつけられた。

　これは柔道の「体落（たいおとし）」という技で、畳でもない場所に全力で叩きつけられればタダでは済まない。

　俺は手加減が出来ないので、最後まで品鶴を掴んでいた手を離しはしなかった。

　バンという激しい音がして、品鶴は「ぐはぁぁぁ」と口から激しく体液を噴いた。

　たぶん、今度は本当に背中が痛く、きっと、しばらくは立てないだろう。

　白目を剥いて完全に気絶しているのを確認した俺は、その場に品鶴を捨てたまま医務室の扉を思い切り開いて、廊下を渡って階段室へ飛び込む。

　少しでも早く五能に連絡しようと腰に手を伸ばすが、そこに無線機はなかった。

「くそっ、こんな時にっ！」

　俺は一気に階段を駆け上がっていく。

　次第にステージからの音が大きくなってくる。

《それでは！　大変お待たせしました。優勝者の発表です！》

パァララ♪　パァララ♪　パァララ♪　パーパーパーパー♪

最後のファンファーレに相応しい、多くのトランペットが一気に吹き鳴らされた。

なんとか五階から戻って来た俺が、勢いよく階段室から扉を外へ向かって押し開いた。

その瞬間、扉がドンとなにかにぶつかる。

「うおっ！」

声のした扉の外を覗いてみたら、あのおじさんのスタッフが扉の外でもたれていたようだ。

俺が思い切り開いたことでおじさんは吹き飛び、通路にゴロリと転がった。

《優勝はエントリーナンバー七番！　赤穂明日香さんで――す!!》

司会者の発表と同時に、割れんばかりの拍手と声援に会場は包まれる。

もう、いつ爆発してもおかしくない！

説明している時間もなかったので、俺はおじさんを無視して一番近い扉から、拍手喝采ですごく盛り上がっている会場へ入る。

赤穂さんは花道を歩いて、先頭で待つ審査員のところまで歩いていく。

審査員の足元には、あの巨大なトロフィーが準備されていた。

俺は口元に両手を立てて腹から声をあげて叫ぶ。

「**五能――!!　優勝トロフィーに爆弾だ――!!**」

だが、あまりにも周囲の歓声が大き過ぎて、俺の声はステージまで届かない！

「なっ、なんなんだよ。鉄道公安隊さん？」

後ろからやってきたおじさんスタッフの胸ポケットには無線機があった。

「すみません。ちょっと借ります！」

「おっ、おい……それがないとディレクターからの連絡が……」

おじさんスタッフは困った顔をするが、俺は無視して奪い取った無線機のダイヤルを勢いよく回し、鉄道公安隊で使用する周波数に合わせた。

そして、まだ五能がイヤホンをしていることを祈りながら、無線機の通話ボタンをガシッと押してマイクに向かって叫んだ。

「五能っ‼　優勝トロフィーに爆弾が入っている‼」

俺はステージの五能に注目していたが、なんの反応もない。

「やっぱりイヤホンを外していたか！」

花道の先端の丸い部分ではプロレスラーの審査員から、巨大トロフィーが赤穂さんへ渡されようとしていた。

赤穂さんは顔を真っ赤にしながら嬉しそうに微笑んでいる。

もし、こんなところで爆発したら……。

こんな人ごみの中心で特急はまかぜクラスの爆弾が爆発なんてしたら、赤穂さんはおろか審査員、照明音響スタッフ、近くにいるお客様も花道の先端を中心に多くの人が傷つく！

　どうすればいいんだっ⁉

《では、赤穂さん、トロフィーをお受け取りくださ――い》

　審査員も赤穂さんも笑顔で両腕を伸ばす。

　俺は急いでダイヤルを回して、おじさんが使っていた元の周波数に戻して叫ぶ。

「そうだっ！」

「こちらは鉄道公安隊の境だ！　ステージ前のＡＤ！　カンペに『トロフィーに爆弾』と書いて、二位受賞の参宮に見せろ！」

　一瞬、そんなことを信じてくれるか不安だったが、すぐに無線機から返答がある。

【了解！】

　焦った声で応えたステージ前のＡＤが素早くスケッチブックに書き殴って、ステージに立っていた五能に向けて必死にコツコツと叩いた。

　俺も客席の間の通路を走って、赤穂さんのいる花道の先端へ向かう。

　だが、こういうイベントホールでは、直線では近づけなくて回り道をしなくてはいけない上に、周囲は盛り上がって総立ちになりつつあり、簡単には前へ進めない。

次の瞬間、花道をもの凄い勢いで、ハイヒール姿の美人が駆け抜けて行く。

「五能頼む！」

俺は花道を忍者のような勢いで駆ける五能に命運を託した。

長い花道を二秒ほどで駆け抜けていった五能は、プロレスラーから手渡されたトロフィーを赤穂さんと同時にバシッと掴む。

大きなトロフィーを二人の美人が同時に持つ格好になった。

司会者もなにがなんだか分からず。

《**ちょ、ちょっと参宮さん⁉**》

と、驚きの声をあげた。

もちろん、お客様もどういう状況か分からず、ほとんどの人が目を点にした。

一番驚いているのは、もちろん赤穂さん。

「あのっ、優勝は私ですよ……参宮さん」

「分かっている。だが、このトロフィーは渡せないんだ」

どんなに赤穂さんがいい人でも、二位の人にトロフィーを奪われそうになったら抵抗する。

トロフィーの土台についている二本柱を握って自分の方へ引き寄せるので、五能も負けじと反対側の二本の柱を持って引き戻す。

「トロフィーは優勝者のものだぞ」

そんな二人の間にプロレスラーが割って入ろうとする。

「えぇい、面倒なっ」

五能はブンッとトロフィーを振り回して、先端でプロレスラーを殴って花道の下へ落とす。

「**おおおおおおおおお!!**」

強そうなプロレスラーがお客様の上へ落ちて、観客席は大混乱に陥る。

状況が分からないお客様は「場外乱闘」が起きたと思って、声援を投げたり、騒ぎ立てる始末で花道の先端部に人が集まって混乱に拍車がかかった。

赤穂さんが腕を捻りながら必死に防戦するからヘアスタイルは崩れ、メイクは涙と汗でボロボロだった。

「どっ、どうして!?　トロフィーを奪おうとするのっ」

もちろん、五能も負けず劣らずボロボロだ。

「細かく説明している時間はない。危ないから私に任せてくれ！」

二人が別の方向に力をかけるので、トロフィーからギギギッと音がする。

二人がトロフィー越しに力比べをしている最中に、ステージ上には鉄道公安隊の制服を着た飯田が出てきて、司会者や他の出場者を舞台袖へ手を使って誘導していく。

「は〜い。危ないですから〜急いでステージから離れてくださ〜〜い」

そのまま司会者からマイクを受け取って、ステージ上には誰もいないようにする。

そこで、タタッとステージ上を走り抜けた飯田は、ポーンと客席へ飛び降りてマイクを握ったまま叫ぶ。

《五能さ〜〜〜ん‼　準備完了！　ステージ奥なら大丈夫——‼》

それを待っていたかのように五能が応える。

「了解だ！」

キラリと目を光らせた五能が「うらぁ！」と声をあげて、トロフィーをクルンと一回転させると、赤穂さんの両手がパッと離れる。

それを見た瞬間、五能はトロフィーの先端部を両手でしっかりと掴み、ハンマー投げの要領で体を一回転させながらブンッと振り回した。

「**やめて——‼**」

赤穂さんが両手を伸ばして駆け寄るが、それよりも五能のスローイングの方が早い。

伸ばした指先のほんの数ミリ先を、空母のカタパルトから射出されたジェット戦闘機のような勢いで、トロフィーが疾風を伴ってステージ奥へ向かって飛んでいく。

キレイなアーチを描いて飛ぶトロフィーを、会場にいた全ての人が目で追った。
やがて、ステージの奥にゴンと落下したトロフィーは、バウンドしてきらびやかなビル街のセットの向こうに消えた。
その瞬間、飯田が伏せながらマイクで叫ぶ。
《皆さ〜〜ん‼　危ないですから伏せてくださ〜〜い‼》
それでもボンヤリしているので、飯田は「もう」と少し怒る。
《爆弾ですっ‼》
それでやっと全員に緊張感が走った。

「全員、床に伏せろ――――‼」


そう叫びながら俺が率先して床に伏せたのを合図に、全員がザッと床に伏せて立っているお客様がいなくなる。

だが、俺が首をあけて花道を見ると、まだ五能が立っていた。

その時、ステージの奥からピキンとなにかが起爆する音がする。

「五能――――‼」

俺の叫び声は大爆発によってかき消され、五能は瞬時に見えなくなる。

ズドォオオオオオオオオオオオオオオオオオオオオオオオオオオン!!

ステージ奥から発生した爆風と衝撃波が瞬時にイベントホールを包み込む。

『きゃぁぁぁぁぁぁぁぁぁぁぁぁぁぁぁぁぁ!!』

お客様は伏せながら叫び、フロアはビリビリと振動した。

頭の上を爆風が駆け抜けていき、まるで台風の中にでもいるかのように、前後に何度も風向きが変わって渦巻いた。

やはり背中を熱いものが何度も通り過ぎ、まるで瞬時に真夏になったようだった。

ステージにあったビルのセットが爆風によって、イベントホールの隅々まで吹き飛び、近くの壁には部品が刺さり、天井からカラカラと欠片が降り注いだ。

ゆっくりと目を開くと、イベントホール内にはグレーに煙が漂っている。

立ち上がって見つめたステージはセットどころか後ろの壁まで吹き飛ばし、その向こうの通路の壁まで崩れている有様だった。

すぐに熱を感知したステージ上のスプリンクラーだけが作動しザァァと水が降り出す。

《皆さん～イベントスタッフの指示に従って避難してくださ～い》

飯田がアナウンスすると、すぐにジリリリと警報が鳴りだし、正面ロビー方向の扉が一斉にバンと開く。

「皆さん、こちらへゆっくり避難してください。押さないで、急がないで」

イベントスタッフさんの誘導を受けて、埃まみれになったお客さんが一人、また一人と列を作ってホールからゾロゾロとロビーへ出ていく。

俺の方はパッと立ち上がって、お客様の波に逆行するように花道へ走った。

そして、ガレキまみれになっていた先端部付近で叫ぶ。

「**五能――――――――!!**」

その瞬間、ガサッと倒れていたパネルが持ち上がり、埃で真っ白になった二人の人影が花道の横に立ちあがる。

俺は五能と一緒に立ち上がった人を見て心底驚いた。

「**貝塚さん!?**」

抱きかかえるように守っていた五能を離した貝塚さんは、自分の私服についていたホコリをパンパンと叩く。

「大丈夫か？　五能」

「はい……ありがとうございました」

顔を少し赤くした五能にしては珍しく、しおらしく礼を言った。

「どっ、どうして、ここに貝塚さんが⁉」

目を丸くしながら聞いた俺に、

「俺も体調が悪くなって病欠にしたんだ」

と、貝塚さんは右手の親指をあげて微笑んだ。

観客席にいるのに青い空が見えている、すっかり風通しのよくなったイベントホールには、外からのものと思われる気持ちいい風が次々に吹き込んできて、背筋を伸ばして立つ五能の長い髪を揺らしていた。

ＢＢ０７　事件は解決し……

場内停車

住民の通報を受けて名古屋國鉄ホールは、大量の消防車両に囲まれた。

だが、火災が発生したわけではなく、崩れた外壁は内側へ崩れていたことで通行人などへの被害もなく、すぐに落ち着きを取り戻した。

元々、あまり新しいビルではなかったこともあって、

「老朽化でガス管が爆発して外壁が落ちた」

という噂が勝手に広まっていった。

一応、ここも鉄道公安隊の縄張りということもあって警察関係はやってこず、非番とした貝塚さんが消防関係者に詳細を説明することになった。

爆発の一報を受けて、根岸部長を頭とする本社鉄道公安隊警備部は名古屋へ取って返そうとしたが、すでに東京行のスーパーひかりに乗車中であったために、次の停車駅は新横浜となるので、戻ってくるのは約五時間後となってしまう。

そこへ吾妻部長が、

「間に合わなくてすみません。決勝大会を見るつもりだったのですが……」

と言いながら現れたことで、急遽、本社より「現場責任者として処理をせよ」との命令を受けて動くことになった。

そのために根岸部長は警備責任者の任を解かれ、そのまま本社へ帰還した。

俺達第七遊撃班に対しても「現時刻をもって現場復帰せよ」との命令が下り、吾妻部長の下で指示を受けつつ行動することになった。

消防による現場検証や鉄道公安隊による関係者への事情聴取が行われたが、爆発物を仕掛けた犯人は品鶴で確定している上に、医務室で伸びているところを確保出来ていたので、夜には全員解放することが出来た。

名古屋駅近くの國鉄系ホテルで泊まった俺達第七遊撃班は、次の日、朝9時に七階のイベントホールへ顔を出した。

もちろん、今日の五能は鉄道公安隊の制服姿で、ミスホームの時のような雰囲気はすっかりなくなっていた。

消防によって張られた黒字で「KEEP　OUT」と書かれた黄色のテープが、クモの巣のように巡らされたステージを、既に来ていた吾妻部長は見つめていた。

俺達は背中から声を合わせてかけながら同時に敬礼する。

『吾妻部長、おはようございます』

クルリと振り返った吾妻部長はニコリと微笑みつつ答礼してくれる。

「おはようございます。昨日は非番でしたのにご苦労様でした、第七遊撃班の皆さん」

「非番で残っておいてよかったです」

手を下げた吾妻部長は、俺達三人の顔を見る。

「今回はお手柄でしたね、第七遊撃班の皆さん」

「やっぱり爆弾犯は、あのカメラマンじゃなかったじゃんねぇ～」

胸を突き出しながらドヤ顔をする飯田に、俺はクイクイとステージを指差す。

「それはよかったけど……あの有り様だぞ」

「そんなことを気にしても、しょうがないんじゃない？」

そういう心の持ちかたに、呆れつつも少し感動する。

「あのなぁ」

五能も自信を持って頷く。

「現場においては臨機応変。多少の犠牲は止むを得ん」

五能のしゃべり方はすっかり元通りに戻っていた。

「現場、現場って言えばいいと思って……」

「では、どうすればよかったと思っているんだ？　境」

「そりゃ～あぁするしかなかったとは……思うがな」

爆発までの時間は限られており、ステージから持ちだすことは不可能だった。

だからといってロビー方向にはお客様がいるので投げられない。

そこで、飯田はステージ付近のスタッフや出場者などを退避させ、そこへ五能がピンポイントでトロフィー爆弾を投げつけ、被害を最小限としたわけだ。

こう見えて緊急時の判断に間違いがないな……飯田と五能は。

にこやかに微笑んでいる二人の横顔を見ながら、俺はそんなことを思った。

「やっぱり品鶴は、ＲＪと関係なかったんですか？」

飯田が吾妻部長を見る。

「ええ、予め『まつかぜ3号』での爆破騒動を起こしておけば、こうした事態が起きた時にも自分ではなく『ＲＪのせいになる』と考えたようですね」

「やっぱりねぇ～いくらＲＪでも、武力闘争はしないよねぇ～」

「テロリストではありませんからね、彼らは」

吾妻部長は両肩を上下させた。

「しかし『まつかぜ3号』で爆弾が爆発していたら、赤穂が死んでいたかもしれないのに」

五能は憎むようにグッと奥歯を噛む。

「その件ですが……どうも品鶴さんには、赤穂さんに対して個人的な恨みがあったようです」

「個人的な恨み？」

聞き返す五能に、吾妻部長が頷く。

「まだ全てを自供していないのですが……どうも赤穂さんに品鶴さんは言い寄っていたのですが『そういうことはハッキリとお断りします』と拒絶された事があったらしくて……」

五能は「ふ～」と深いため息をつく。

「最低な奴だな」

「それについては同感です」

その時、後ろから透き通るような声がする。

「じゃあ……わたくしは二度も殺されそうになったんですね」

全員で振り返ると、そこには赤穂さんがピンクのワンピース姿で立っていた。

「さっ……参宮さん……」

フッと目を潤ませた赤穂さんが、タタッと駆け出して五能の胸に飛び込む。

五能は少し戸惑っていたが、両手で赤穂さんを優しく受け止めた。

「あなたは……わたくしにとって……命の恩人です」

その姿は正に女性だけの歌劇団のように美しく、まるでミュージカルのワンシーンのよう。

五能の胸に頬をあてた瞬間、赤穂さんは大きな瞳から涙をポロポロと流した。

「ありがとう……ございました。わたくし……なんてお礼を言えばいいのか」

赤穂さんの肩に手をあてながら、五能は静かに頷く。

「私は鉄道公安隊員として当然のことをしただけだ」

「でっ……でも……」

訴えるような目で赤穂さんは見上げる。

「鉄道公安隊は……『強く・正しく・親切に』と教えられる。だから、我々はそれを常に心がけてお客様と接しているだけだ」

五能は一生懸命に微笑んで見せた。

そんな五能を真っ直ぐに見つめた赤穂さんは、迷うことなく言う。

「わたくし……あなたのことが大好きです」

五能はそんな赤穂さんに、優しく応えるように微笑みかけた。

そんな二人を俺と飯田と吾妻部長は静かに見守った。

そして、そんな五能の唇には、今まで鉄道公安隊員として勤務する時には見ることもなかった、ピンクのルージュが薄っすらと引かれていることに俺は気がついた。

第七遊撃班にも、そろそろ夏の風が吹いてこようとしていた。

あとがき

今回も『RAIL　WARS!　A（エース）　2』をお買い上げ頂きありがとうございました。執筆をしております豊田巧です。2021年は世間的にはバタバタし、鉄道業界的にも大変な年となりましたが、『RAIL　WARS!』シリーズにおきましても『A』と『Exp』という新型車両を走らせるという転換期となりました。これから、どのように展開していくのかは未定ですが、「国鉄がまだ続いていたら……」という心躍るファンタジーワールドを引き続き描いていけたら幸せです。

それから一巻の感想で「えっ⁉　バブル時代ってことは⁉　高山が警四に入った頃には、五能さんも飯田さんも四十代⁉」というのがありましたが（笑）、それは違います。この世界のバブル期は七〜十年ほど先にズレ込んでいることになっていて、高山が警四に来た頃の二人の年齢は三十歳辺りと考えていますので、五能&飯田ファンの皆様ご安心ください（笑）。

そういえば、実はこうしたバブル期などの昔の方が「地方は賑やかだった」ってご存じですか？　日本の総人口は私が小さい頃より大幅に増えたにもかかわらず、最近、取材でローカル地域を回ってみると、食べ物屋さんが一つもない駅に当たることも頻繁にあって、リュックには常に食べ物を入れておかないとひもじい思いをするようなことがあります。ですが、昔の鉄道の映像を見ると、もの凄い山間の駅からも、雪に埋もれそうな北海道の仮停車場からも、朝に夕にたくさんの人が乗降する姿が映っています。私自身も小学四年生から全国に旅行へ行っていましたが、ローカルな駅に行っても、それなりに人がいて泊まる場所にも、食べる場所にも困ることはありませんでしたからね。ちょっとした地方の町へ行って、突然シャッターの並ぶ商店街に出くわすと「昔は人がいっぱい居たんだな」と感じます。この『A』では、そんな心温まるローカル線のノスタルジックな世界も描いていければと思っています。

さて、最後になりますが一冊だけ宣伝を……。昨年となりますがハルキ文庫様より「国鉄分割民営化前夜の国鉄名古屋工場が、十数名の国鉄職員らと共に今川義元の尾張侵攻が目前の永禄三年にタイムスリップしてしまう」という（笑）、鉄道ファン以外「誰が楽しめるんじゃ!?」と突っこまれそうな妄想全開の作品『信長鉄道』を発売させて頂いております。

おかげ様で大好評を頂いておりますので、まだ読まれておられない『ＲＡＩＬ　ＷＡＲＳ！』ファンの皆様は、是非、ご一読のほどよろしくお願いいたします。

では……次の新たなる列車へのご乗車を心からお待ち申し上げております。

Ｓｐｅｃｉａｌ　Ｔｈａｎｋｓ　ＡＬＬ　ＳＴＡＦＦ　ａｎｄ　ＹＯＵ！

今年は鉄道にとって楽しい年でありますように……

二〇二二　一月　豊田巧

RAIL WARS! A ②
美女と散弾銃

2022年1月30日　初版第1刷発行

著者　豊田巧
イラスト　daito

発行者　岩野裕一
発行所　株式会社実業之日本社
〒107-0062 東京都港区南青山 5-4-30
emergence aoyama complex 2F
電話：03-6809-0473（編集部）
03-6809-0495（販売部）

企画・編集
印刷・製本　株式会社エス・アイ・ピー

実業之日本社ホームページ　https://www.j-n.co.jp/

ISBN978-4-408-55709-0（第二文芸）